Diogenes Taschenbuch 23679

de te be

O du schreckliche...

Kriminelle Weihnachtsgeschichten

Ausgewählt von Daniel Kampa

Diogenes

Nachweis am
Schluss des Bandes
Umschlagzeichnung von
Tomi Ungerer

Originalausgabe

Alle Rechte an dieser Ausgabe vorbehalten
Copyright © 2007
Diogenes Verlag AG Zürich
www.diogenes.ch
50/12/36/6
ISBN 978 3 257 23679 8

»Den Nächsten, der ›Frohe Weihnachten‹
zu mir sagt, bringe ich um.«

Dashiell Hammett

Inhalt

Ingrid Noll	*Weihnachten im Schlosshotel* 9
P. D. James	*Der Mistelzweigmord* 19
Paul Auster	*Auggie Wrens Weihnachtsgeschichte* 60
Patricia Highsmith	*Zu Weihnachten tickt eine Uhr* 75
Dan Kavanagh	*Der 50-Pfennig-Weihnachtsmann* 105
Henry Slesar	*Der Mann, der Weihnachten liebte* 118
Dick Francis	*Ein strahlend weißer Stern* 149
Arthur Conan Doyle	*Der blaue Karfunkel* 169
Cyril Hare	*Schwester Bessie* 210

Anstelle eines Nachworts

Henning Mankell & Håkan Nesser	*Eine unwahrscheinliche Begegnung* 230
Nachweis	243

Ingrid Noll

Weihnachten im Schlosshotel

Viele Hotels haben über die Weihnachtsfeiertage geschlossen, meines nicht – im Gegenteil, wir sind stets bis zur letzten Mansarde ausgebucht. Die überdurchschnittliche Belegung liegt wohl an unserem speziellen Programm, das besonders kinderlose Paare anspricht. Schon an den Adventssonntagen wird eine Kutsch- oder Schlittenfahrt angeboten. Jeden Nachmittag gibt es Spekulatius und Glühwein am Kaminfeuer, und das Schlemmermenu am Heiligen Abend zieht sich über Stunden hin. An den folgenden Feiertagen sind kulturelle Veranstaltungen wie Kirchenkonzerte oder Ballettaufführungen angesagt. Unsere Gäste trinken relativ viel und sind dankbar, dass sie dem Trubel oder auch der Besinnlichkeit am Heimatort entfliehen konnten und weder einen Baum schmücken, noch eine Gans braten oder gar ihre eigenen Besucher bewirten müssen.

Ich spreche zwar immer von *meinem* Hotel, aber natürlich gehört das Schlosshotel nicht mir persönlich; immerhin bin ich in der zweiten Etage für Ordnung und Sauberkeit verantwortlich. Im Allgemeinen steigen keine Hungerleider in unserem Fünf-Sterne-Palast ab, und deswegen ärgert es mich, wenn sich gerade die Reichen als ausgesprochene Geizkragen, ja Diebe erweisen.

Um nur ein Exempel herauszugreifen: Die gefällig in plissiertem Seidenpapier eingewickelten Miniaturseifen à 15 Gramm, die in jedem Badezimmer zur Verfügung stehen, werden in der Hälfte aller Fälle von den Gästen einfach mitgenommen. Schon mehrfach wurde ich von Freunden gefragt, was denn ein Hotel mit angebrochenen, aber wenig benutzten Seifen anfangen soll, aber da gibt es unendlich viele Möglichkeiten. Cordula, die Frau unseres Direktors, traf zum Beispiel ein Abkommen mit einem katholischen Kindergarten, den sowohl meine als auch ihre eigene Tochter besuchen. Die Puppenseifen, wie unsere Kinder sie nennen, sind wie geschaffen für schmutzige kleine Pfoten. Meine Sophie ist ganz stolz, wenn sie wieder einmal einen vollen Beutel bei den Erzieherinnen abgeben darf.

Doch wenn es nur die Seifen wären, die unsere Hotelgäste mitgehen lassen, dann würde ich kein Wort darüber verlieren. Jeden Morgen schiebe ich den schweren Reinigungswagen durch die Flure und ersetze Aschenbecher, Kugelschreiber, Flaschenöffner, Hotelbibeln, Kleiderbügel, ja Frotteemäntel oder Badematten. Es gibt sogar clevere Gäste, die alle Fläschchen der Minibar austrinken und mit Wasser auffüllen. Laut Cordula handelt es sich bei dem – in Fachkreisen *Schwund* genannten – Verlust im Laufe eines Jahres um 5-stellige Beträge, wobei ein Grandhotel wie meines noch besser davonkommt als eines mit nur vier Sternen. Als irgendwann sogar eine große Tagesdecke aus altrosa gestreiftem Chintz verschwand, beschloss ich zurückzuschlagen.

Schon immer interessierten mich die Kosmetika weiblicher Gäste, und ich prüfe alle Produkte mit sachkundiger Bewunderung. Nur wer bloß einen einzigen Tag bleiben will, belässt seinen Kram bisweilen im Beauty Case. Die meisten Frauen packen ihren Kulturbeutel als Erstes aus und stellen ihre Döschen, Tuben und Fläschchen dekorativ auf der Glaskonsole ab. Inzwischen habe ich die Preise für sämtliche Markenartikel im Kopf und kann sofort feststellen, in welcher Parfümerie die Damen einkaufen. Es gibt sündhaft teure Tages- und Nachtcremes, die völlig unerschwinglich für mich sind. Der Mehrheit unserer Ladys sieht man es ohnedies nicht an, was für ein Vermögen sie sich ins Gesicht schmieren. Und wie verbraucht sie ohne Intensivpflege aus ihrer Seidenwäsche gucken würden, will ich lieber gar nicht wissen.

In meiner Kitteltasche stecken ein paar Plastikdöschen und ein Teelöffel, mit dem ich beim Aufräumen der Badezimmer winzige Mengen der Wunderelixiere abzweige. Und damit meine Finger keine Spuren hinterlassen, benütze ich, auch aus hygienischen Gründen, ein Glasstäbchen zum nachträglichen Glattstreichen. Klar ist auch, dass ich mich niemals mit fremdem Parfum einsprühe, wie neulich eine dumme kleine Praktikantin.

Auf diese dezente Weise konnte ich nicht nur jahrelang meinen täglichen Bedarf decken, sondern auch einen kleinen Vorrat für Urlaubstage anlegen. Ich hatte noch nie ein schlechtes Gewissen und Angst vorm Erwischtwerden, denn welcher Frau wird es gleich auffallen, wenn eine derart geringe Portion fehlt?

Gegen reiche Frauen, wenn sie für ihr Spitzengehalt hart arbeiten müssen, habe ich nichts. Auch die zahlreichen Geliebten, die sich zur Kongresszeit mit ihrem verheirateten Lover hier einquartieren, verdienen eher mein Mitgefühl. Wenn ich attraktive junge Frauen an der Seite eines alten Fettsacks sehe, denke ich mir, sie bekommen ihren Luxus nicht geschenkt. Meine Aggressionen richten sich gegen die Prinzessinnen, die Erbinnen, denen ohne jegliche Gegenleistung ein Vermögen zugefallen ist. Bei ihnen bediene ich mich häufiger als bei den anderen. Soll mir keiner nachsagen, ich machte keinen Unterschied.

Seit Ewigkeiten residierte Mary Schönwald jeweils vier Wochen im Sommer und im Winter im Schlosshotel. Bis zu ihrem sechzigsten Lebensjahr soll sie ihre jeweiligen Verlobten oder Geliebten mitgebracht haben, zu meiner Zeit kam sie ohne Begleitung. Sie gehörte zu jenen Auserwählten, deren Cremetöpfe ich fast täglich plünderte. Mary war so reich, dass sie ihre Perlenkette oft achtlos herumliegen ließ und nicht in den Safe zurücklegte. Für mich wäre es ein Leichtes gewesen, ihre Kette oder einen Ring unter dem Bett hervorzuangeln und einzustecken. Aber ich wollte auf keinen Fall dem Ruf meines Hotels und seiner Besitzer schaden.

Abends schaue ich in den Zimmern nur schnell nach dem Rechten, decke die Betten auf und lege ein Zellophantütchen mit Champagnertrüffeln aufs Kopfkissen. Falls es nötig ist, wechsle ich auch die Handtücher. Eigentlich wollte ich gerade am Heiligen Abend möglichst früh zu Hause sein, weil meine Mutter und meine Tochter mit der Bescherung auf mich warteten. Andererseits war ich mir sicher, dass mich jetzt kein Hotelgast überraschen konnte, denn sie saßen alle beim 6-gängigen Festmahl. Auch meine beiden Kolleginnen vom Spätdienst hatten sich bereits verabschiedet, und ich war ganz allein auf meiner Etage.

Wie so oft herrschte Chaos in Marys Suite, denn sie hatte sich wohl erst in letzter Minute umgezogen. Zu ihren Gunsten muss ich sagen, dass sie zwar nicht zu den Trophäenjägern und Langfingern gehörte, dafür aber legte sie ihre angebissenen Äpfel stets in das Obstkörbchen zurück, was mich ebenso zur Weißglut brachte. Und so war es auch diesmal. Als ich den Granny Smith entsorgt, ihren Pelzmantel und die Klamotten wieder auf die Bügel gehängt und die Schuhe in den Schrank gestellt hatte, beschloss ich, diesmal etwas tiefer in ihre Salbentöpfe zu langen. Was sprach dagegen, mich gleich an Ort und Stelle für das Weihnachtsfest hübsch zu machen? Ganz professionell begann ich das Abschminken mit Reinigungsmilch und adstringierender Lotion, massierte dann eine orientalische Wundercreme ein und trug ein schimmerndes Fluid mit Marys Naturschwämmchen auf. Ich hatte meine Kittelschürze abgelegt, um sie nicht mit Make-up zu beschmieren, und war noch längst nicht mit Rouge und Wimperntusche fertig, als ich einen feinen, schabenden Ton im angrenzenden Schlafzimmer hörte, der mir das Blut in den Adern gerinnen ließ. Mary konnte es kaum sein, da sie bei festlichen Gelegenheiten die Letzte war, die es ins Bett zog. Lautlos zog ich die angelehnte Badezimmertür einen Spalt weit auf und sah im Toilettenspiegel zwei gelbe Gummihandschuhe, die sich am Safe zu schaffen machten.

Mir wurde speiübel vor Angst, denn ich war mir ziemlich sicher, dass ich die Eingangstür abgeschlossen hatte. Nur ein Profi konnte so geräuschlos eindringen. Würde er mich entdecken und als unwillkommene Zeugin auf der Stelle beseitigen?

Ohne den erbarmungswürdigen Laut von mir zu geben, der mir in der Kehle steckte, kroch ich unter das Waschbecken und stellte mich tot. In diesem Moment wurde mir bewusst, dass meine Schürze an der Außenseite der Türklinke hing und mich verraten würde. Mein armes Kind! dachte ich, gerade am Heiligen Abend wird es zur Waise werden!

Plötzlich hörte ich eine mir bekannte Stimme *Schlamperei* sagen. Die gelbe Gummihand grabschte nach meiner Schürze und fegte sie vom Griff herunter. Fast gleichzeitig wurde die Tür aufgerissen, meine Chefin stand auf der Schwelle und sah mich auf dem Boden kauern.

»Was machst du denn da?«, fragte sie. Geistesgegenwärtig behauptete ich, nach einer Haarnadel zu suchen, die mir gerade heruntergefallen sei.

Cordula und ich kennen uns noch von der Hotelfachschule her. Damals wurden wir fast gleichzeitig schwanger und mussten unsere Ausbildung abbrechen; sie hatte allerdings bessere Karten als ich, weil sie sich den Juniorchef unseres Hotels angelacht und zum Vater ihrer Tochter gemacht hatte. Mein damaliger Freund war ein Japaner, der sich leider jeglicher Verantwortung entzog und auf Nimmerwiedersehen in seine Heimat entschwand. Unsere zeitgleiche Schwanger- und Mutterschaft ließ uns schnell zu Freundinnen werden; ich verdanke Cordula den Job im Hotel und die Aussicht auf eine besser bezahlte Stelle als Leiterin des Etagenservices.

Noch nie hat sich die schlaue Cordula täuschen lassen. Ihre flinken Augen wanderten zu den offen stehenden Cremetöpfen, der Puderdose und dem Haarpinsel, der eine dunkle Spur Mascara auf der marmornen Ablage hinterlassen hatte. Dann sah sie mir voll ins Gesicht und erkannte sofort, wie gekonnt ich meine Kreativität dort eingesetzt hatte.

Wortlos reichte sie mir meine Schürze, in der es peinlicherweise klapperte.

»Was haben wir denn da?«, fragte sie, griff in die Tasche und zog die gut gefüllten Döschen und den Teelöffel heraus. Ich antwortete ihr nicht, sondern setzte ein dümmliches Grinsen auf. Meine Beförderung konnte ich ein für allemal vergessen, wahrscheinlich endete mein Vergehen sogar mit einem Rausschmiss.

Ein paar Sekunden lang musterte Cordula mich nachdenklich.

»Woher konntest du so schnell wissen, dass sie erst vor wenigen Minuten gestorben ist?«, fragte sie.

Tot? Wer? Ich verstand gar nichts. Dann erfuhr ich, dass Mary Schönwald bereits bei der Gänseleberpastete kreidebleich zusammengesackt war. Man half ihr unauffällig wieder auf die Beine, bettete sie im Büro auf ein Sofa und ließ sofort den Notarzt kommen, der ihr aber nicht mehr helfen konnte.

»Mein Gott, sie hat noch die Rechnung vom Sommer offen!«, klagte Cordula. »Wer weiß schon, wann die Erben ermittelt sind und sich zum Bezahlen bequemen! Wahrscheinlich hast auch du bis jetzt kein Trinkgeld erhalten.«

Das stimmte. Gemeinsam räumten wir nun das Sicherheitsfach aus, denn die geistesgegenwärtige

Cordula hatte Marys Handtasche mit Zimmer- und Safeschlüssel sofort an sich genommen. Die Beute legten wir auf die Bettdecke und freuten uns wie kleine Mädchen am Funkeln und Glitzern.

»Die gesamten Kronjuwelen kann man nicht gut einsacken«, meinte Cordula, »die Steine sind leider allzu exklusiv. Am besten nimmt man reines Gold, das lässt sich überall an den Mann bringen.«

Ich war unendlich erleichtert und begann flink, die Schönheitsmittel aufzuräumen.

»Lass mal sehen«, sagte Cordula, »womit hat sich die Alte denn ihre Furchen zugekleistert? Myrrhe-Lotion? Weihrauch-Creme? Das ist ja wie bei den Heiligen Drei Königen, nur das Gold hat noch gefehlt.«

Jetzt nicht mehr. Schwer beladen ging ich am späten Abend nach Hause und leuchtete dort mit dem Tannenbaum um die Wette.

P. D. James
Der Mistelzweigmord

Zu den kleineren Irritationen im Leben eines erfolgreichen Kriminalschriftstellers gehört die immer wiederkehrende Frage: »Und waren Sie im wirklichen Leben auch schon mal in einen Mordfall verwickelt?« Wobei Blick und Ton des Fragestellers mitunter zu verstehen geben, es könnte wohl nicht schaden, würde das Morddezernat der Metropolitan Police einmal in meinem Garten graben. Ich habe stets verneint, teils aus Diskretion, teils weil die wahre Geschichte zu viel Zeit in Anspruch nähme und meine Rolle darin selbst aus der Distanz von sechzig Jahren nur schwer zu rechtfertigen ist. Heute aber, als Achtzigjährige und einzige Überlebende jenes denkwürdigen Weihnachtsfestes von 1940, darf ich sie wohl getrost erzählen, und sei es nur mir selbst zu Gefallen. »Der Mistelzweigmord«, so soll sie heißen. Misteln kommen darin nur am Rande vor, aber ich hatte schon immer eine Schwäche für Alliterationen im Titel. Die Personennamen sind geändert.

Zwar ist niemand mehr am Leben, der sich bloßgestellt fühlen oder dessen Ruf Schaden nehmen könnte, doch warum sollte man auf das Ansehen der Toten weniger Rücksicht nehmen?

Ich war achtzehn, als es geschah, eine junge Kriegerwitwe; mein Mann war zwei Wochen nach unserer Hochzeit gefallen, einer der ersten Piloten der Royal Air Force, die im Einzeleinsatz abgeschossen wurden. Danach meldete ich mich als Luftwaffenhelferin, zum einen weil ich mir einredete, dass Alastair sich darüber gefreut hätte, vor allem aber aus dem Bedürfnis heraus, in einem neuen Wirkungskreis mit neuen Pflichten meine Trauer zu lindern. Was jedoch nicht gelang. So ein schmerzlicher Verlust ist wie eine schlimme Krankheit. Entweder man stirbt daran, oder man überlebt, und heilen kann sie nur die Zeit, nicht aber ein Tapetenwechsel. Den Ausbildungskurs absolvierte ich wild entschlossen, bis zum Ende durchzuhalten, doch als sechs Wochen vor Weihnachten die Einladung meiner Großmutter kam, sagte ich erleichtert zu. Damit war ein Problem gelöst. Ich hatte keine Geschwister, und mein Vater, ein Arzt, war trotz seines fortgeschrittenen Alters freiwillig als Rekrut zur Sanitätstruppe gegangen; meine Mutter hatte sich nach Amerika abgesetzt. Zwar hatten etliche Schulfreunde, darunter auch einige im Militärdienst, mich zu sich nach Hause eingeladen, aber ich fühlte mich nicht einmal den gedämpften Festlichkeiten einer Kriegsweihnacht gewachsen und fürchtete, ihnen und ihren Familien die Feiertage zu verderben.

Außerdem war ich neugierig auf das Haus, in dem meine Mutter aufgewachsen war. Mit der eigenen Mutter hatte sie sich nie verstanden, und nach ihrer Heirat kam es endgültig zum Bruch. Ich war meiner Großmutter nur einmal als Kind begegnet und hatte sie als eine furchterregende, scharfzüngige Frau in Erinnerung, die junge Leute nicht besonders mochte. Aber jetzt war ich nicht mehr jung, außer an Jahren, und was ihr Brief in dezenten Andeutungen verhieß – ein warmes Haus mit prasselnden Kaminfeuern, nahrhafte Kost und guten Wein, Ruhe und Frieden – war genau das, wonach ich mich sehnte. Weitere Gäste waren nicht vorgesehen, aber mein Vetter Paul hoffte, an Weihnachten Urlaub zu bekommen. Ich hatte nur noch diesen einen Vetter und war sehr gespannt auf ihn. Paul war der jüngere Sohn des Bruders meiner Mutter und etwa sechs Jahre älter als ich. Nicht nur wegen der Familienfehde, sondern auch, weil seine Mutter Französin war und er einen Großteil seiner Kindheit in ihrer Heimat verbrachte, hatten wir einander nie kennengelernt. Sein älterer Bruder war gestorben, als ich noch zur Schule ging. Ich erinnerte mich dunkel an irgendein unrühmliches Geheimnis, das hinter vorgehaltener Hand kolportiert, aber nie gelüftet wurde. Wie Großmutter mir in ihrem Brief versicherte, würden außer uns dreien nur der Butler Seddon und seine Frau zugegen sein. Sie hatte sich die Mühe gemacht, einen Überlandbus herauszusuchen, der an Heiligabend um fünf Uhr nachmittags von der Victoria Station abfuhr und mich bis zur nächstgelegenen Ortschaft bringen würde, wo Paul mich abholen sollte.

Der entsetzliche Mord und der Stunde um Stunde in äußerster Spannung durchlebte traumatische Tag danach, haben meine Erinnerung an Reise und Ankunft verwischt. Von Heiligabend sind mir eine Reihe unzusammenhängender, leicht surrealer Bilder wie aus einem grobkörnigen Schwarzweißfilm im Gedächtnis geblieben. Der verdunkelte Bus, der mit abgeblendeten Scheinwerfern unter einem schwankenden Mond durch die unbeleuchtete, öde Landschaft kriecht; die hochgewachsene Gestalt meines Vetters, der mir an der Endstation aus dem Dunkel entgegentritt; ich, in eine Wolldecke gehüllt, auf dem Beifahrersitz seines Sportwagens während der Fahrt durch nachtschwarze Dörfer, die schemenhaft aus dem Schneegestöber auftauchen. Eins aber sehe ich klar und wundersam vor mir: meine erste Begegnung mit Stutleigh Manor. Zuerst war da nur eine nüchterne Silhouette, die aus der Dunkelheit gegen den grauen, spärlich besternten Himmel aufragte. Doch dann trat der Mond hinter einer Wolke hervor, und in sein weißes Licht getaucht, erschien das Herrenhaus ebenmäßig, schön und geheimnisvoll.

Fünf Minuten später folgte ich dem kleinen Lichtkegel von Pauls Taschenlampe ins Portal mit seinem rustikalen Sammelsurium von Spazierstöcken, derben Schuhen, Gummistiefeln und Regenschirmen und gelangte durch den Verdunkelungsvorhang in die angenehm warme, hell erleuchtete quadratische Halle. Ich erinnere mich an das mächtig lodernde Holzfeuer im Kamin, an die Familienporträts, das komfortable, aber schon etwas heruntergekommene Ambiente sowie an die Stechpalmen- und Mistelzweigsträußchen über Bildern und Türen, die den einzigen Weihnachtsschmuck darstellten. Meine Großmutter kam gemessenen Schrittes die breite Holztreppe herab, um mich zu begrüßen. Sie war zierlicher, als ich sie in Erinnerung hatte, feingliedrig und so klein, dass sie nicht einmal an mich mit meinen knapp ein Meter sechzig heranreichte. Doch ihr Händedruck war erstaunlich fest, und ein Blick in ihre scharfen, klugen Augen verriet mir ebenso wie der gebieterische Zug um ihren Mund, den ich so gut von meiner Mutter kannte, dass sie immer noch zum Fürchten war.

Ich war froh, hier zu sein, froh, zum ersten Mal mit meinem einzigen Vetter zusammenzutreffen, aber in einem Punkt hatte meine Großmutter mich getäuscht. Es gab nämlich noch einen zweiten Gast, einen entfernten Verwandten, der mit dem Wagen aus London gekommen und vor mir eingetroffen war. Rowland Maybrick wurde mir vorgestellt, als wir uns vor dem Abendessen in einem Salon links von der großen Halle zum Aperitif versammelten. Ich mochte ihn auf Anhieb nicht und war meiner Großmutter dankbar dafür, dass sie nicht vorgeschlagen hatte, er solle mich in seinem Auto mitnehmen. Die grobe Taktlosigkeit, die er gleich bei der Begrüßung beging – »Du hast mir ja gar nicht gesagt, Paul, dass ich bei euch auf so eine hübsche junge Witwe treffen würde« –, bestätigte mein Vorurteil gegen diesen Typus Mann, oder was meine jugendliche Intoleranz dafür hielt. Maybrick trug die Uniform eines Fliegerleutnants, aber ohne Pilotenschwingen – *Wingless Wonders* lautete unser Spitzname für diese Truppe. Er war dunkelhaarig, gutaussehend, mit vollen Lippen unter einem dünnen Schnurrbart, mit amüsiert forschendem

Blick und siegessicherem Auftreten. Männer seines Schlages waren mir nicht fremd, in Stutleigh Manor hätte ich so jemanden allerdings nicht erwartet. Wie ich erfuhr, handelte er im Zivilleben mit Antiquitäten. Paul spürte vielleicht meine Enttäuschung darüber, nicht der einzige Gast zu sein, und erklärte, die Familie sehe sich genötigt, eine wertvolle Münzsammlung zu veräußern. Rowland habe man als Experten hinzugezogen, der die Stücke schätzen und einen Käufer dafür finden solle. Doch Maybrick war keineswegs nur an Münzen interessiert. Sein Blick schweifte über Möbel, Bilder, Porzellan und Bronzestatuen, die er mit langen Fingern befühlte und streichelte, als beziffere er im Geiste schon ihren Preis. Und bei entsprechender Gelegenheit hätte er sich vermutlich nicht gescheut, auch mich zu betatschen und meinen Gebrauchtwert zu taxieren.

Großmutters Butler und die Köchin, unentbehrliche Nebendarsteller eines jeden Landhaus-Mordes, waren tüchtig und respektvoll, ließen jedoch keine rechte Weihnachtsstimmung aufkommen. Meine Großmutter hätte, sofern sie sich überhaupt Gedanken darüber machte, vermutlich jeden der beiden als treuergebenes Faktotum bezeichnet. Doch ich hatte meine Zweifel. 1940 waren die Zeiten nicht mehr so wie früher. Mrs. Seddon wirkte überarbeitet und gelangweilt zugleich, eine ungute Mischung, während ihr Mann kaum den düsteren Groll desjenigen verhehlte, der weiß, wie viel mehr er als Rüstungsarbeiter auf dem benachbarten R.A.F.-Stützpunkt verdienen könnte.

Mein Zimmer gefiel mir: das Himmelbett mit den verblichenen Vorhängen, der bequeme niedrige Sessel am Kamin, der elegante kleine Schreibsekretär, die mit Fliegendreck besprenkelten Drucke und Aquarelle. Vor dem Zubettgehen knipste ich die Nachttischlampe aus und schob den Verdunkelungsvorhang zurück. Hohe Sterne und Mondschein, ein gefährlicher Himmel. Aber es war Heiligabend. Gewiss würden die Bomber heute nacht nicht aufsteigen. Und ich stellte mir vor, wie überall in Europa Frauen die Vorhänge aufzogen und hoffend und bangend zum drohenden Mond emporblickten.

Als ich früh am nächsten Morgen erwachte, lauschte ich vergeblich auf das Geläut der Kirchenglocken – Glocken, die 1940 nicht das Weihnachtsfest, sondern die Invasion angekündigt hätten. Tags darauf ging die Polizei diesen ersten Feiertag Minute für Minute so gründlich mit mir durch, dass ich mich auch zweiundsechzig Jahre später noch an jede Einzelheit erinnern kann. Nach dem Frühstück kam die Bescherung. Für die reizende Brosche aus Gold und Emaille, die ich von meiner Großmutter erhielt, hatte sie offenbar ihre Schmuckkassette geplündert, und Pauls Geschenk, ein viktorianischer Ring mit einem von Staubperlen eingefassten Granatstein, stammte vermutlich aus derselben Quelle. Ich brauchte mit meinen Präsenten nicht zurückzustehen. Im Dienste der Familienversöhnung trennte ich mich von zwei ganz besonderen Kleinoden, einer Erstedition der *Shropshire-Lad Gedichte* für Paul und einer frühen Ausgabe von *Grossmiths' Diary of a Nobody* für meine Großmutter. Und ich legte mit beiden Ehre ein. Rowlands Beitrag zur Weihnachtsration bestand aus drei Flaschen Gin, etlichen Päckchen Tee, Kaffee, Zucker und einem Pfund Butter, wahrscheinlich alles aus R.A.F.-Beständen entwendet. Kurz vor Mittag erschien der örtliche Kirchenchor in arg gelichteter Formation, sang a cappella und peinlich falsch ein halbes Dutzend Weihnachtslieder, wurde von einer sehr ungnädigen Mrs. Seddon mit Glühwein und Mince Pies belohnt und verschwand, sichtlich erleichtert, durch den Verdunkelungsschutz heim zum eigenen Festessen.

Nach dem traditionellen Weihnachtsmahl, das um ein Uhr aufgetragen wurde, lud Paul mich zu einem Spaziergang ein. Warum er meine Begleitung wünschte, blieb unklar, denn er machte unterwegs kaum den Mund auf. Verbissen und lustlos, als gälte es, einen Geländemarsch zu absolvieren, stapften wir über die gefrorenen Furchen brachliegender Felder und durch Wäldchen ohne auch nur einen Vogel. Es hatte aufgehört zu schneien, aber eine dünne, harschige Schicht lag makellos weiß unter einem bleiernen Himmel. Bei Einbruch der Dämmerung kehrten wir um und näherten uns Stutleigh Manor von der Rückseite; wie ein großes graues L hob sich das verdunkelte Anwesen von der verschneiten Landschaft ab. Plötzlich, von einem jähen Stimmungswandel übermannt, begann Paul den Schnee mit den Händen zusammenzuschaufeln und bewarf mich damit. Wen solch ein eisiges Geschoss ins Gesicht trifft, der lechzt nach Revanche, und die nächsten zwanzig Minuten vergnügten wir uns wie die Kinder bei einer zünftigen Schneeballschlacht, bis der Schnee auf Rasen und Kiesweg zu Matsch zertrampelt war.

Die frühen Abendstunden vergingen teils unter zwanglosem Geplauder im Salon, teils las man oder döste vor sich hin. Im Gegensatz zu der üppigen Mittagstafel mit Gans und Plumpudding gab es abends nur einen leichten Imbiss – bestehend aus Suppe und Kräuteromelette –, der wie gewohnt sehr früh serviert wurde, damit die Seddons rechtzeitig ins Dorf kamen, um mit ihren Freunden zu feiern. Nach Tisch kehrten wir in den Salon im Erdgeschoss zurück. Rowland, der das Grammophon angestellt hatte, fasste mich unvermittelt bei den Händen und sagte: »Kommen Sie tanzen!« Das Grammophon war ein neues Modell mit Plattenwechsler, und während sich ein Ohrwurm nach dem anderen auf dem Teller drehte – »Jeepers Creepers«, »Beer Barrel Polka«, »Tiger Rag«, »Deep Purple« –, wirbelten wir zu Walzer-, Tango-, Foxtrott- und Quickstepklängen durchs Zimmer und bis hinaus in die Halle. Rowland war ein vorzüglicher Tänzer. Ich, die seit Alastairs Tod nicht mehr getanzt hatte, vergaß im Überschwang von Rhythmus und Bewegung meine Antipathie und überließ mich ganz seiner Führung und den immer raffinierteren Schrittfolgen. Doch der Bann war gebrochen, als er mich zu Beginn eines Walzers draußen in der Halle mit den Worten an sich zog:

»Unser junger Held scheint mir ein wenig bedrückt. Hätte sich vielleicht doch lieber nicht zu dieser Mission gemeldet.«

»Was denn für eine Mission?«

»Können Sie sich das nicht denken? Mutter Französin, Studium an der Sorbonne, spricht akzentfrei, ist landeskundig. Ein Traumkandidat.«

Ich gab keine Antwort. Aber ich fragte mich, woher Rowland sein Wissen bezog.

»Irgendwann kommt der Moment«, fuhr er fort, »in dem diese tapferen Helden begreifen, dass es kein Spiel mehr ist. Dass es jetzt zur Sache geht. Statt guter, alter Heimaterde hat man plötzlich Feindesland unter sich; kriegt es mit echten Deutschen, echten Kugeln, echten Folterkammern und echtem Schmerz zu tun.«

Und mit echtem Tod, dachte ich, löste mich aus seinen Armen und hörte, als ich den Salon betrat, sein leises Lachen hinter mir.

Bevor meine Großmutter sich kurz vor zehn zurückzog, wollte sie Maybrick noch die Münzen aushändigen, die in der Bibliothek im Safe lagen. Da er am nächsten Tag in London zurückerwartet wurde, bat sie ihn, die Sammlung noch am Abend zu begutachten. Rowland sprang sofort auf und erbot sich, sie zu begleiten.

»Im Radio kommt ein Stück von Edgar Wallace«, wandte Großmutter sich abschließend an Paul. »Vielleicht höre ich mir das an. Es geht bis um elf. Sei so nett und komm mir dann gute Nacht sagen. Aber nicht später.«

Sobald wir allein waren, meinte Paul: »Jetzt gehen wir zur Musik des Feindes über«, und vertauschte die Tanzplatten mit Wagner. Während ich las, holte er ein Kartenspiel aus dem Sekretär und legte eine Patience. Er konzentrierte sich verbissen auf seine Figuren, derweil mir die viel zu laute Wagnermusik in den Ohren gellte. Als in eine Orchesterpause hinein die Stiluhr auf dem Kaminsims elf schlug, schob Paul die Karten zusammen.

»Zeit, Großmama gute Nacht zu sagen«, meinte er. »Hast du noch einen Wunsch?«

»Nein«, antwortete ich leicht verwundert. »Danke.«

Das einzige, was ich mir wünschte, war nicht so laute Musik, und sobald Paul gegangen war, stellte ich den Plattenspieler leiser. Mein Vetter kam rasch zurück. Als die Polizei mich am nächsten Tag danach fragte, antwortete ich, er sei schätzungsweise drei Minuten weg gewesen. Auf keinen Fall länger.

»Großmama möchte dich sprechen«, sagte Paul ruhig.

Gemeinsam verließen wir den Salon und durchquerten die Halle. Wo meinen auf einmal fast übernatürlich geschärften Sinnen zweierlei auffiel. Eine Beobachtung teilte ich der Polizei mit, die andere behielt ich für mich. Von dem Weihnachtsstrauß am Sturz über der Bibliothekstür waren sechs Beeren abgefallen, die wie verstreute Perlen auf den gebohnerten Dielen lagen. Und am Fuß der Treppe breitete sich eine kleine Wasserlache aus. Meinem

Blick folgend, zückte Paul sein Taschentuch und wischte sie auf.

»Ich sollte wahrhaftig imstande sein, Großmamas Nachttrunk raufzutragen, ohne ihn zu verschütten«, bemerkte er.

Meine Großmutter, die unter dem Baldachin ihres Himmelbetts in den Kissen lehnte, wirkte auf einmal nicht mehr furchterregend, sondern schwach und angegriffen, wie eine müde, sehr alte Frau. Ich sah voller Freude, dass sie in meinem Buch gelesen hatte. Es lag aufgeschlagen auf dem runden Nachttisch, neben der Tischlampe, ihrem Radio, der eleganten kleinen Uhr, der schlanken, halbgefüllten Wasserkaraffe mit dem übergestülpten Glas und einer Porzellanhand, die aus einer modellierten Rüschenmanschette aufragte und der sie ihre Ringe angesteckt hatte. Großmutter bot mir ihre Hand; ihre Finger waren schlaff und kalt, der matte Händedruck kein Vergleich mit dem zu meiner Begrüßung.

»Ich wollte dir nur eine gute Nacht wünschen, meine Liebe«, sagte sie. »Und dir für dein Kommen danken. Familienfehden sind ein Luxus, den wir uns in Kriegszeiten nicht mehr leisten können.«

Gerührt beugte ich mich hinunter und küsste sie auf die Stirn, deren Haut sich feucht anfühlte. Doch meine spontane Geste war ein Fehler. Was immer sie von mir wollte: Zuneigung war es nicht.

Zurück im Salon, erkundigte sich Paul, ob ich Whisky möge. Als ich verneinte, entnahm er dem Barschränkchen eine Flasche für sich sowie eine Karaffe Rotwein, griff dann wieder nach dem Kartenspiel und erbot sich, mir Poker beizubringen. Und so verbrachte ich die Nachtstunden von etwa zehn nach elf bis fast zwei Uhr morgens mit unzähligen Kartenrunden, beschallt von Wagner und Beethoven, horchte, während ich das Feuer in Gang hielt, auf das Knistern und Fauchen der brennenden Scheite und sah zu, wie mein Vetter einen Whisky nach dem anderen trank, bis die Flasche leer war. Nur weil ich nicht wie eine krittelige Gouvernante dabeisitzen wollte, ließ ich mir schließlich ein Glas Rotwein einschenken. Die Uhr auf dem Kaminsims hatte Viertel vor zwei geschlagen, als Paul sich endlich aufraffte.

»Verzeih, Cousine«, sagte er. »Hab ziemlich einen sitzen. Würdest du mir deine Schulter leihen? Und dann ab ins Bett: schlafen, vielleicht auch träumen...«

Langsam mühten wir uns die Treppe hinauf. Oben angekommen, lehnte er sich an die Wand, während ich ihm die Tür öffnete. Sein Atem roch nur ganz leicht nach Whisky. Auf mich gestützt, torkelte er ins Zimmer und fiel wie ein Stein ins Bett.

Am nächsten Morgen um acht brachte Mrs. Seddon mir den Tee und schaltete das elektrische Heizgerät ein, bevor sie sich mit einem ausdruckslosen »Guten Morgen, Madam« zurückzog. Als ich verschlafen den Arm ausstreckte, um mir die erste Tasse einzugießen, flog nach einem hastigen Klopfen die Tür auf, und Paul stürmte herein. Er war bereits angekleidet und wirkte zu meinem Erstaunen kein bisschen verkatert.

»Hast du Maybrick heute Morgen schon gesehen?«, fragte er.

»Ich bin eben erst aufgewacht.«

»Mrs. Seddon sagt, sein Bett sei unberührt gewesen. Ich habe das ganze Haus abgesucht, konnte ihn aber nirgends finden. Ach, und die Tür zur Bibliothek ist abgeschlossen.«

Pauls Erregung war ansteckend. Er half mir in den Morgenrock, und nach kurzem Besinnen entschied ich mich, statt in meine Pantoffeln zu schlüpfen, für die Straßenschuhe.

»Wo ist der Schlüssel zur Bibliothek?«, fragte ich.

»Steckt von innen. Wir haben nur den einen.«

In der Halle war es schummerig, selbst als Paul das Licht anknipste, und die abgefallenen Mistelbeeren von dem Strauß über der Bibliothekstür schimmerten immer noch milchweiß auf dem dunklen Holzfußboden. Ich drehte am Türknauf, bückte mich und spähte durchs Schlüsselloch. Paul hatte recht, der Schlüssel steckte.

»Wir können von der Terrasse aus rein«, sagte er. »Nur müssen wir vielleicht eine Scheibe einschlagen.«

Durch eine Tür im Nordflügel gelangten wir ins Freie. Die kalte Luft prickelte auf meinem Gesicht. In der Nacht hatte es Frost gegeben, und die dünne Schneedecke war noch frisch verharscht, bis auf die Stelle, wo Paul und ich am Vortag herumgetollt waren. Vor der Bibliothek erstreckte sich eine knapp zwei Meter breite Terrasse, von der aus man über einen Kiesweg in den Garten gelangte.

Die doppelte Fußspur war deutlich zu erkennen. Jemand war über die Terrasse in die Bibliothek eingedrungen und hatte sie auf demselben Weg wieder verlassen. Meiner Schätzung nach stammten die großen, etwas unförmigen Fußabdrücke von einem Paar abgelaufener Gummistiefel. Die erste Spur war teilweise von der zweiten überlagert.

»Gib acht, dass du da nirgendwo reintrittst«, warnte Paul. »Wir halten uns am besten dicht an der Mauer.«

Die Terrassentür war zu, aber nicht abgeschlossen. Den Rücken an die Scheibe gepresst, tastete Paul sich vor, öffnete die Tür einen Spaltbreit und schlüpfte hinein. Ich folgte ihm durch den Schlitz in der Verdunkelung und dann durch den schweren Brokatvorhang, die er mir nacheinander aufhielt. Die einzige Lichtquelle im Raum war eine Leuchte mit grünem Schirm, die auf dem Schreibtisch stand. Mein Herz raste, während ich ungläubig und doch wie gebannt darauf zuschritt. Hinter mir schlug Paul laut raschelnd die doppelten Vorhänge zurück. Im jäh hereinflutenden hellen Morgenlicht, vor dem der grüne Lampenschein verblasste, wurde das, was da über die Tischplatte hingestreckt lag, erschreckend sichtbar.

Der Schlag, der Rowland Maybrick getötet hatte, war mit so ungeheurer Kraft geführt worden, dass er ihm den Schädel gespalten hatte. Seine Arme ruhten, seitwärts ausgestreckt, auf dem Tisch. Die linke Schulter hing nach unten, als ob auch sie einen Schlag abbekommen hätte, und die Hand war nur mehr ein grässlicher Klumpen geborstener Knochen in einem Brei aus geronnenem Blut. Das Zifferblatt seiner schweren goldenen Armbanduhr war zertrümmert, und winzige Glassplitter funkelten wie Diamanten auf dem Tisch. Einige der Münzen waren auf den Teppich gerollt, und die übrigen lagen, von der Wucht der Schläge durcheinandergewirbelt, auf dem Schreibtisch verstreut. Ich hob den Blick und vergewisserte mich, dass der Schlüssel tatsächlich von innen steckte. Paul starrte auf die kaputte Armbanduhr.

»Halb elf«, sagte er. »Entweder ist das die Todeszeit, oder man will es uns glauben machen.«

Neben der Tür stand ein Telefon, und ich rührte mich nicht vom Fleck, während Paul sich mit der Polizei verbinden ließ. Anschließend sperrte er die Tür auf, und wir traten hinaus in die Halle. Paul schloss hinter uns ab, und als er den Schlüssel, der sich so geräuschlos gedreht hatte, als sei das Schloss frisch geölt gewesen, einsteckte, sah ich, dass wir ein paar der abgefallenen Mistelbeeren zertreten hatten.

Eine halbe Stunde später traf Inspector George Blandy ein. Er war unverkennbar ein Landmensch, kräftig gebaut und mit einem dichten Blondschopf, der wie ein Strohdach über seinem kantigen, wettergegerbten Gesicht saß. Es war nicht auszumachen, ob er sich immer so langsam bewegte und seine Worte so umständlich wählte oder ob er sich bloß noch nicht von der weihnachtlichen Völlerei erholt hatte. Kurz darauf erschien der Polizeichef der Grafschaft persönlich. Paul hatte mir schon von ihm erzählt. Sir Rouse Armstrong war ein ehemaliger Kolonialgouverneur, deutlich jenseits der Pensionsgrenze und einer der letzten Chief Constables alter Schule. Der hochgewachsene Mann mit dem grüblerischen Adlergesicht begrüßte als Erstes meine Großmutter, die er mit dem Vornamen anredete. Mit der ernsten, verschwörerischen Miene dessen, der in einer ebenso dringlichen wie heiklen Familienangelegenheit zu Rate gezogen wird, folgte er ihr nach oben in ihren Privatsalon. Inspector Blandy wirkte in seiner Gegenwart etwas gehemmt, und mir war ziemlich klar, wer hier in Wahrheit die Ermittlungen leiten würde.

Wenn Sie das jetzt für Agatha Christie pur halten, kann ich Ihnen nur beipflichten; genauso ist es mir damals auch vorgekommen. Doch man vergisst leicht, wie viel (abgesehen von der Mordrate) das England meiner Mutter und Dame Agathas abgründige Idylle miteinander gemeinsam hatten. Auch dass die Leiche in der Bibliothek gefunden wurde, jenem verhängnisvollsten Schauplatz der britischen Unterhaltungsliteratur, scheint mir durchaus angemessen.

Der Tote konnte erst weggebracht werden, wenn der Polizeiarzt ihn untersucht hatte. Der aber wirkte als Laiendarsteller beim Weihnachtsmärchen in der nahen Kreisstadt mit, und es dauerte, ihn aufzuspüren. Dr. Bywaters war klein und rundlich, ein rothaariger und rotgesichtiger Wichtigtuer. Seine angeborene Reizbarkeit hätte sich wohl über kurz oder lang Bahn gebrochen, wäre es bei dem Verbrechen nicht um ein so gewichtiges wie Mord und bei dem Tatort um einen weniger distinguierten als Stutleigh Manor gegangen.

Paul und ich wurden taktvoll aus der Bibliothek hinauskomplimentiert, während Dr. Bywaters seine Untersuchung vornahm. Meine Großmutter hatte es ohnehin vorgezogen, oben in ihrem Zimmer zu bleiben. Obwohl die Seddons mit der Zubereitung und dem Servieren von Sandwiches und unzähligen Tassen Tee und Kaffee auf Trab gehalten wurden, schienen sie, gestärkt durch das Bewusstsein eines unanfechtbaren Alibis, gleichwohl zum ersten Mal guter Dinge. Rowlands Weihnachtsgaben fanden regen Zuspruch, woran er – um ihm Gerechtigkeit widerfahren zu lassen – gewiss seinen Spaß gehabt hätte. Schwere Schritte stapften in der Halle auf und ab, Autos kamen und fuhren wieder weg; es wurde viel telefoniert. Die Polizei vermaß, konferierte, fotografierte.

Paul und ich beobachteten vom Salonfenster aus, wie der verhüllte Leichnam schließlich auf einer Bahre in einen ominösen schwarzen Kleinlaster gehievt wurde. Zuvor hatte man unsere Fingerabdrücke genommen – um sie, wie die Polizei erklärte, von denen auszusondern, die auf dem Schreibtisch sichergestellt wurden. Es war ein merkwürdiges Gefühl, als der Beamte meine Fingerkuppen mit sanftem Druck auf eine Art Stempelkissen presste. Natürlich hatte man uns auch vernommen – einzeln und gemeinsam. Ich erinnere mich noch, wie ich Inspector Blandy im Salon gegenübersaß: Seine massige Gestalt in einen der Lehnsessel gezwängt, die stämmigen Beine in den Teppich gepflanzt, ging er gewissenhaft jedes Detail des ersten Weihnachtstages mit mir durch. Erst da wurde mir bewusst, dass ich fast jede Minute davon in Gesellschaft meines Vetters verbracht hatte.

Abends um halb acht war die Polizei immer noch im Haus. Paul lud den Chief Constable zum Essen ein, und wenn Sir Rouse ablehnte, dann wohl weniger aus Scheu davor, mit möglichen Verdächtigen das Brot zu brechen, sondern weil es ihn zurück zu seinen Enkelkindern zog. Bevor er ging, stattete er meiner Großmutter noch einen längeren Besuch ab und kam anschließend hinunter in den Salon, um auch uns über die Ermittlungsergebnisse dieses ersten Tages in Kenntnis zu setzen. Ich fragte mich, ob er ebenso entgegenkommend gewesen wäre, wenn es sich bei dem Opfer um einen Landarbeiter und beim Tatort um die Dorfkneipe gehandelt hätte.

Er trug seinen Bericht im selbstzufriedenen Stakkato eines Mannes vor, der überzeugt ist, gute Arbeit geleistet zu haben.

»Werde Scotland Yard nicht hinzuziehen. Vor acht Jahren, bei unserem letzten Mord, hatte ich sie dabei. War ein großer Fehler. Haben nur die Bevölkerung aufgescheucht. Eindeutiger Fall, diesmal. Opfer wollte noch entkommen, wurde aber über den Schreibtisch hinweg durch einen einzigen, mit großer Kraft geführten Schlag getötet. Tatwaffe: ein schwerer, stumpfer Gegenstand. Schädeldecke ging zu Bruch, geringe Blutung – na, Sie haben's ja gesehen. Maybrick war eins fünfundachtzig, demnach dürfte unser Mörder ziemlich groß sein. Ist durch die Terrassentür eingedrungen und auf demselben Weg entflohen. Fußabdrücke geben nicht viel her, zu sehr verwischt, aber dass die eine Spur die andere überlagert, sieht man deutlich. Könnte sich um einen Gelegenheitsdieb handeln, einen Deserteur vielleicht, wir hatten da in letzter Zeit ein, zwei Fälle. Als Tatwerkzeug käme – nach Reichweite und Gewicht – ein Gewehrkolben in Frage. Tür von der Bibliothek zum Garten war möglicherweise offen. Ihre Großmutter hatte Seddon gesagt, sie würde selbst abschließen, bis auf die Bibliothek, das sollte Maybrick vor dem Zubettgehen übernehmen. Wegen der Verdunkelung konnte der Täter nicht erkennen, dass in der Bibliothek noch jemand war. Hat vermutlich sein Glück an der Tür versucht, kam rein, sah einen blinkenden Haufen Geld und tötete fast wie im Reflex.«

»Aber warum hat er die Münzen dann nicht mitgehen lassen?«, fragte Paul.

»Weil er gemerkt hat, dass es Sammlerstücke sind. Schwer loszuschlagen. Oder er hat Angst bekommen, vielleicht ein Geräusch gehört.«

»Und die verschlossene Tür zur Halle?«, forschte Paul weiter.

»Täter sah den Schlüssel und nutzte die Gelegenheit, damit niemand die Leiche entdeckte, bevor er außer Reichweite war.«

Der Chief Constable hielt inne, und seine Züge nahmen einen listigen Ausdruck an, der nicht so recht zu seinem etwas hochmütigen Adlergesicht passen wollte. »Andere Möglichkeit wäre, dass Maybrick sich selber eingeschlossen hat. Erwartete einen heimlichen Besucher und wollte nicht gestört werden. Dazu eine Frage, mein Junge. Ziemlich heikel. Wie gut kannten Sie Maybrick?«

»Nur flüchtig«, antwortete Paul. »Er ist ein Vetter zweiten Grades.«

»Sie haben ihm vertraut? Nichts für ungut, aber...«

»Wir hatten keinen Grund, ihm zu misstrauen. Andernfalls hätte meine Großmutter ihn nicht beauftragt, die Münzen für sie zu verkaufen. Rowland gehört zur Familie. Ein entfernter Verwandter, aber eben doch ein Familienmitglied.«

»Natürlich. Die Familie.« Der Chief Constable machte eine Pause, dann fuhr er fort: »Denkbar wäre auch, jemand hat den Überfall inszeniert und das Spiel zu weit getrieben. Maybrick könnte den Diebstahl mit einem Komplizen zusammen geplant haben. Werde Scotland Yard veranlassen, sein Londoner Umfeld zu durchleuchten.«

Ich war versucht einzuwenden, ein vorgetäuschter Anschlag, bei dem das scheinbare Opfer mit zermatschtem Schädel auf der Strecke bleibt, wäre ja wohl maßlos übertrieben, aber ich schwieg. Der Chief Constable konnte mich zwar kaum aus dem Salon verweisen – schließlich war ich bei der Entdeckung der Leiche zugegen gewesen –, doch ich spürte seine Vorbehalte gegen meine unverhohlene Neugier. Eine junge Frau, die wusste was sich gehört, wäre dem Beispiel meiner Großmutter gefolgt und hätte sich diskret zurückgezogen.

»Wundern Sie sich nicht über die zertrümmerte Uhr?«, forschte Paul weiter. »Der tödliche Hieb auf den Kopf wirkte so gezielt und präzise. Aber dann schlägt der Täter noch einmal zu und zerschmettert die Hand. Wollte er damit den genauen Todeszeitpunkt festhalten? Und wenn ja, warum? Oder hat er die Uhr verstellt, bevor er sie zerschlug? Könnte Maybrick auch später ermordet worden sein?«

Der Chief Constable begegnete diesen laienhaften Gedankenspielen mit Nachsicht. »Ein bisschen weit hergeholt, mein Junge. Ich glaube, wir können die Todeszeit ziemlich exakt bestimmen. Zwischen zehn und elf, hat Bywaters anhand der Leichenstarre ermittelt. Außerdem wissen wir ja nicht, in welcher Reihenfolge der Mörder zugeschlagen hat. Könnte auch erst Hand und Schulter getroffen haben und dann den Kopf. Oder er hat auf den Kopf gezielt, danach aber in wilder Panik um sich geschlagen. Wirklich schade, dass Sie nichts gehört haben.«

»Das Grammophon lief ziemlich laut«, sagte Paul, »und Wände und Türen hier im Haus sind sehr stabil. Und so ab halb zwölf hätte ich, ehrlich gestanden, ohnehin nicht mehr viel mitbekommen.«

Als Sir Rouse sich erhob und zum Gehen wandte, brachte Paul noch eine Bitte vor. »Ich würde die Bibliothek gern wieder nutzen, sofern

Ihre Ermittlungen dort abgeschlossen sind. Oder möchten Sie die Tür versiegeln?«

»Nein, nicht nötig, mein Junge. Wir haben so weit alles. Außer Fingerabdrücke, womit auch nicht zu rechnen war. Auf der Tatwaffe sind bestimmt welche, es sei denn, der Mörder hätte Handschuhe getragen. Aber die Waffe hat er wohl mitgenommen.«

Das Haus wirkte sehr still, nachdem die Polizei abgezogen war. Meine Großmutter ließ sich ihr Abendessen oben auf ihrem Zimmer servieren, und Paul und ich begnügten uns, vielleicht aus Scheu vor dem leeren Stuhl im Esszimmer, mit Suppe und Sandwiches im Salon. Ich war erschöpft, ruhelos und auch ein bisschen verängstigt. Über den Mord zu sprechen hätte mir geholfen.

Doch Paul wehrte müde ab. »Lass es gut sein. Für einen Tag haben wir genug über den Tod geredet.«

Also saßen wir schweigend beieinander. Ab zwanzig vor acht kam ein Konzertprogramm im Radio: Billy Cotton und seine Band, das BBC Symphony Orchestra unter Adrian Boult. Nach den Neun-Uhr-Nachrichten meinte Paul, er wolle lieber mal nachsehen, ob Seddon auch überall abgeschlossen hätte.

Kaum war er gegangen, stand ich auf und begab mich, wie aus einer Eingebung heraus, durch die Halle zur Bibliothek. Behutsam, als fürchtete ich, Rowland säße immer noch am Schreibtisch und sortierte mit gierigen Fingern die Münzen, drehte ich den Türknauf und trat ein. Die Verdunkelungsvorhänge waren zugezogen; statt nach Blut roch es nach alten Büchern. Der leergeräumte Schreibtisch war nicht furchterregend, sondern ein ganz gewöhnliches Möbelstück, der Stuhl stand ordentlich an seinem Platz. Überzeugt, dass der Schlüssel zu dem Fall sich hier in diesem Raum befände, blieb ich einen Moment auf der Schwelle stehen. Dann trieb mich die Neugier an den Schreibtisch. Zu beiden Seiten befanden sich je eine tiefe Schublade mit zwei flacheren darüber. Links war das große Fach so vollgestopft mit Akten und Papieren, dass ich es kaum aufbekam. Das Pendant auf der rechten Seite war völlig leer. In der flachen Schublade darüber stapelten sich Rechnungen und Belege. Beim Durchblättern fand ich die Quittung eines Londoner Münzkontors, ausgestellt vor fünf Wochen, über einen Ankauf im Wert von 3200 Pfund.

Da ich sonst nichts Interessantes entdecken konnte, schloss ich die Schublade und machte mich daran, die Entfernung zwischen Schreibtisch und Terrassentür abzuschreiten. Während ich noch dabei war, öffnete sich fast lautlos die Tür, und ich sah meinen Vetter vor mir.

Er trat unbefangen näher und fragte leichthin: »Was machst du da? Soll das eine Art Exorzismus gegen das Grauen werden?«

»So was Ähnliches, ja«, erwiderte ich.

Einen Moment lang standen wir uns schweigend gegenüber. Dann ergriff Paul meine Hand und zog sie durch seinen Arm.

»Verzeih, Cousine, das war ein scheußlicher Tag für dich. Und dabei wollten wir dir doch nur ein friedliches Weihnachtsfest bereiten.«

Ich gab keine Antwort. Doch ich spürte seine Nähe, die Wärme seines Körpers, die Kraft, die von ihm ausging. Während wir uns gemeinsam zur Tür wandten, dachte ich, ohne es auszusprechen: »Ging es euch wirklich darum? Mir ein friedliches Weihnachtsfest zu bereiten? War das alles?«

Seit mein Mann gefallen war, litt ich an Schlafstörungen; und so lag ich auch jetzt mit steifen Gliedern unter dem Baldachin meines Himmelbetts, ließ diesen außergewöhnlichen Tag Revue passieren und versuchte, aus all den Ungereimtheiten, den kleinen Zwischenfällen und Indizien ein stimmiges Muster zusammenzufügen – kurz, aus Unordnung Ordnung zu schaffen. Das ist es, wie mir scheint, was ich mein Leben lang habe tun wollen. Jene Nacht in Stutleigh stellte die Weichen für meine gesamte Laufbahn.

Rowland war um halb elf durch einen einzigen Schlag über einen gut ein Meter breiten Schreibtisch hinweg getötet worden. Mein Vetter, den ich den ganzen Tag kaum aus dem Augen verloren hatte, war auch abends um halb elf mit mir zusammen gewesen. Ich hatte ihm ein unanfechtbares Alibi geliefert. Aber war ich nicht eigens dafür eingeladen worden? Hatte man mich nicht mit dem Versprechen auf Frieden, Ruhe, gutes Essen und guten Wein – genau das, wovon eine frisch zu den Streitkräften eingezogene junge Witwe träumt – nach Stutleigh Manor gelockt?

Das Opfer war ebenfalls geködert worden, in seinem Fall mit der Aussicht, beim Verkauf einer wertvollen Münzsammlung eine stattliche Provision zu kassieren. Aber die Münzen, von denen man mir erzählt hatte, dass die Familie sie notgedrungen veräußern müsse, waren in Wirklichkeit erst vor fünf Wochen erstanden worden, fast unmittelbar nachdem ich die Einladung meiner Großmutter angenommen hatte. Ich überlegte kurz, wieso man die Quittung nicht vernichtet hatte, doch die Antwort war rasch gefunden. Man brauchte den Beleg, um die Münzen, die nun ihren Zweck erfüllt hatten, rückverkaufen und die 3200 Pfund wieder einbringen zu können. Im Übrigen hatte man nicht nur mich benutzt. Die Nacht vom ersten auf den zweiten Weihnachtstag war die einzige Nacht, die der Butler und die Köchin mit Sicherheit außer Haus verbrachten. Auch die Polizei würde die ihr zugewiesene Rolle verlässlich spielen: Der ehrliche und pflichtbewusste Inspektor, der indes keine Leuchte war und obendrein gehemmt in Gegenwart seines Vorgesetzten sowie durch den Respekt vor einer alteingesessenen Familie von Stand. Der Chief Constable, ein Mann jenseits des Pensionsalters und nur kriegsbedingt weiter im Dienst, in Mordfällen unerfahren, zudem ein Freund der Familie und der letzte, der den hiesigen Gutsherrn eines brutalen Mordes verdächtigt hätte. Das Muster nahm Gestalt an, fügte sich zu einem Bild, und dieses Bild hatte ein Gesicht. Im Geiste trat ich in die Fußstapfen eines Mörders. Und wie es sich für ein Verbrechen à la Agatha Christie gehört, nannte ich ihn X.

Irgendwann an Heiligabend hatte man die rechte Schublade des Schreibtischs in der Bibliothek ausgeräumt, den Inhalt in die linke Schublade verfrachtet und stattdessen die Gummistiefel bereitgelegt. Die Waffe kam in ein Versteck, vielleicht in die Schublade zu den Stiefeln. Nein, korrigierte ich mich, das war unmöglich; ein Tatwerkzeug, das lang genug war, um über den Schreibtisch hinwegzureichen, hätte da nicht hineingepasst. Ich beschloss, die Frage nach der Waffe auf später zu verschieben.

Nun also zu dem verhängnisvollen Weihnachtstag. Abends um Viertel vor zehn holt meine Großmutter, die sich gleich darauf zurückzieht, die Münzen aus dem Safe, damit Rowland sie prüfen kann, bevor er am nächsten Morgen abreist. X kann sicher sein, dass Rowland um halb elf in der Bibliothek am Schreibtisch sitzen wird. Lautlos verschafft er sich Zutritt, nimmt den Schlüssel an sich und versperrt leise die Tür von innen. Die Waffe führt er bei sich oder hat sie in Reichweite irgendwo im Raum versteckt.

X tötet sein Opfer, zerschlägt die Uhr, um die Tatzeit festzuhalten, vertauscht seine Schuhe mit den Gummistiefeln, entriegelt die Terrassentür und öffnet sie so weit wie möglich. Dann nimmt er vom anderen Ende der Bibliothek her kräftig Anlauf und springt hinaus in die Dunkelheit. Um die ein Meter achtzig breite Schneefläche zu überwinden und auf dem Kiesweg zu landen, müsste X jung, gesund und sportlich sein; aber all das ist er ja. Fußspuren auf dem Kiesweg sind nicht zu befürchten; den Schnee dort haben wir bei unserer nachmittäglichen Tollerei gründlich zertrampelt. X legt eine erste Fußspur zur Terrassentür, und nachdem er diese geschlossen hat, markiert er die zweite Spur so, dass sie die erste teilweise überdeckt. Fingerabdrücke am Türknauf braucht er nicht zu scheuen; die seinen dürfen sich mit Fug und Recht darauf befinden. Anschließend gelangt er durch eine unverschlossene Seitentür ins Haus zurück, zieht seine Schuhe wieder an und stellt die Gummistiefel an ihren Platz unter dem Portal. Auf dem Weg durch die Halle hat sich ein Klümpchen Schnee von den Stiefeln gelöst und ist auf dem Fußboden geschmolzen. Wie sonst sollte die kleine Wasserlache dorthin gekommen sein? Die Behauptung meines Vetters, sie stamme aus Großmutters Wasserkaraffe, war jedenfalls eine glatte Lüge. Die Karaffe hatte halb voll, mit übergestülptem Glas, neben Großmutters Bett gestanden. Um daraus etwas zu verschütten, hätte der Überbringer schon stolpern und hinfallen müssen.

Und jetzt gab ich dem Mörder endlich einen Namen. Aber wenn mein Vetter Rowland getötet hatte, wie passte das in den zeitlichen Rahmen? Paul war nicht länger als drei Minuten weg gewesen, um unserer Großmutter gute Nacht zu sagen. Reichte das aus, um die Waffe zu holen, sich in die

Bibliothek zu schleichen, Rowland umzubringen, die Fußspuren zu legen, die blutige Waffe zu säubern, sich ihrer zu entledigen und ganz gefasst in den Salon zurückzukehren, um mir auszurichten, ich werde oben verlangt?

Doch angenommen, Dr. Bywaters hätte sich geirrt, sich durch die geborstene Uhr zu einer übereilten Diagnose verleiten lassen? Angenommen, Paul hätte die Uhr verstellt, bevor er sie zerschlug, und der Mord wurde in Wahrheit viel später verübt? Aber nein, der medizinische Befund war eindeutig: Der Tod konnte nicht erst nachts um halb zwei eingetreten sein. Und wenn doch, wäre Paul da schon viel zu betrunken gewesen, um einen so gezielten Schlag zu führen. Aber war er tatsächlich betrunken, oder war auch das nur vorgespielt? Bevor er die Flasche holte, hatte er sich vergewissert, dass ich keinen Whisky trank, und ich erinnerte mich, dass sein Atem kaum nach Alkohol gerochen hatte. Trotzdem, an der Tatzeit war nicht zu rütteln. Paul konnte Rowland Maybrick unmöglich getötet haben.

Doch angenommen, er wäre nur der Anstifter gewesen und ein anderer hätte die Tat begangen? Vielleicht ein Offizierskamerad, den Paul heimlich hereingeschmuggelt und irgendwo in dem weitläufigen Haus versteckt hatte und der sich um halb elf herunterschlich und Maybrick umbrachte, während ich meinem Vetter sein Alibi verschaffte und die wogenden Wagnerklänge die Schläge in der Bibliothek übertönten. Nach vollbrachtem Mord verließ der Unbekannte den Tatort mitsamt der Waffe und verbarg den Schlüssel zwischen Stechpalmen und Misteln über der Tür, wobei unbemerkt ein paar Beeren abfielen und auf die Dielen kullerten. Dann war Paul gekommen, hatte, ohne die Beeren am Boden zu zertreten, den Schlüssel an sich genommen, die Bibliothekstür von innen versperrt, den Schlüssel steckenlassen und dann genauso, wie ich es mir zuvor ausgemalt hatte, die fingierten Spuren im Schnee gelegt.

Ein Szenario mit Paul als Komplizen des eigentlichen Mörders warf eine Reihe unbeantworteter Fragen auf, aber unmöglich war es nicht. Ein Armeegefährte würde über das nötige Geschick und den entsprechenden Wagemut verfügen. Vielleicht, dachte ich erbittert, hatten sie es wie eine Art Exerzierübung betrachtet. Als ich endlich versuchte, zur Ruhe zu kommen und einzuschlafen, hatte ich eine Entscheidung getroffen. Morgen würde ich das nachholen, was die Polizei bei ihrem flüchtigen Streifzug versäumt hatte. Ich würde die Tatwaffe suchen.

In der Rückschau kommt es mir so vor, als hätte ich keinen besonderen Abscheu gegen die Tat empfunden. Jedenfalls sah ich mich nicht genötigt, die Polizei einzuweihen. Was nicht nur daran lag, dass ich meinem Vetter zugetan war, Maybrick dagegen nicht ausstehen konnte. Nein, ich glaube, es hing eher mit dem Krieg zusammen. Solange überall auf der Welt anständige Menschen ihr Leben lassen mussten, verlor die Tatsache, dass hier dieser eine abstoßende Mann getötet worden war, irgendwie an Gewicht. Heute weiß ich, dass der Gedankengang falsch war. Mord sollte niemals entschuldigt oder billigend in Kauf genommen werden. Trotzdem bereue ich mein Verhalten nicht, denn es sollte auch kein Mensch durch den Strang sterben müssen.

Ich erwachte noch vor Tagesanbruch. Da es wenig Sinn hatte, bei künstlichem Licht auf die Suche zu gehen, und ich auch kein Aufsehen erregen wollte, fasste ich mich in Geduld. Ich blieb im Bett, bis Mrs. Seddon kam und mir den Tee brachte, nahm ein Bad, zog mich an und ging kurz vor neun zum Frühstück hinunter. Mein Vetter war nicht da. Mrs. Seddon sagte, er habe den Wagen zur Wartung ins Dorf gebracht. Das war die Gelegenheit, auf die ich gewartet hatte.

Mein Streifzug führte mich in eine kleine Rumpelkammer unterm Dach, die so vollgestopft war, dass ich über Schrankkoffer, Blechbehälter und alte Truhen klettern musste, um mit der Suche zu beginnen. In einer Lattenkiste fand sich eine Garnitur ramponierter Kricketschläger und Bälle – so verstaubt, dass sie seit dem letzten Dorfmatch der Enkelsöhne bestimmt nicht mehr benutzt worden waren.

Ich stieß an ein prachtvolles, aber traurig zugerichtetes Schaukelpferd, das sich ächzend in Bewegung setzte, verhedderte mich in den aufgestapelten Blechgleisen einer Modelleisenbahn, verknackste mir den Knöchel an einer großen Arche Noah. Vor dem einzigen Fenster stand ein länglicher Holzkasten. Als ich den Deckel öffnete, wirbelte Staub auf. Unter einer Lage braunen Packpapiers kamen sechs Krocketschläger nebst Bällen und Toren zum Vorschein. Mit seinem langen Griff wäre so ein Krocketschläger wohl als Waffe in Frage gekommen, nur waren die hier offensichtlich seit Jahren unberührt. Ich klappte den Deckel wieder zu und suchte weiter. In einer Ecke lehnten zwei Golftaschen, und als ich sie näher in Augenschein nahm, war ich am Ziel. Eins der Hölzer stach von den übrigen Schlägern ab: Sein Kopf war blitzblank.

Gleich darauf hörte ich Schritte, und als ich mich umwandte, stand mein Vetter in der Tür. Bestimmt konnte man mir das Schuldbewusstsein vom Gesicht ablesen, aber Paul wirkte völlig unbekümmert.

»Kann ich dir behilflich sein?«, fragte er.

»Nein«, sagte ich. »Nein, ich habe nur was gesucht.«

»Und, hast du's gefunden?«

»Ja«, erwiderte ich. »Ich glaube schon.«

Paul trat über die Schwelle, schloss die Tür, lehnte sich dagegen und fragte beiläufig: »Hast du Rowland Maybrick gemocht?«

»Nein«, sagte ich. »Nein, ich mochte ihn nicht. Aber ihn nicht zu mögen ist kein Grund, ihn umzubringen.«

»Nein, das ist kein Grund, nicht wahr?«, bestätigte er freimütig. »Aber es gibt da etwas, was du über ihn wissen solltest. Maybrick war schuld am Tod meines Bruders.«

»Du meinst, er hat ihn umgebracht?«

»Nicht so direkt, nein. Er hat ihn erpresst. Charles war homosexuell. Maybrick kam dahinter und ließ sich sein Schweigen bezahlen. Charles hat Selbstmord verübt, weil er es nicht ertragen konnte, sich ein Leben lang zu verstellen, Maybrick ausgeliefert zu sein, womöglich dieses Anwesen hier zu verlieren. Er hat einen würdigen Tod vorgezogen.«

In der Rückschau muss ich mir bewusst machen, wie sehr sich die gesellschaftlichen Ansichten in den vierziger Jahren des 20. Jahrhunderts von den heutigen unterscheiden. Inzwischen wäre es kaum vorstellbar, dass jemand aus solchen Beweggründen sein Leben opfert. Damals hörte ich Pauls Geschichte in der traurigen Gewissheit, dass er die Wahrheit sprach.

»Hat Großmutter gewusst, dass Charles homosexuell war?«, fragte ich.

»Aber ja! Frauen ihrer Generation kann man kaum etwas verheimlichen; früher oder später erraten sie's doch. Und Großmama liebte Charles über alles.«

»Verstehe. Danke für deine Offenheit.« Nach einer Pause setzte ich hinzu: »Ich nehme an, wenn du deinen ersten Einsatz angetreten hättest, solange Rowland Maybrick noch gesund und munter war, hätte dich draußen das Gefühl geplagt, etwas Wichtiges nicht zu Ende gebracht zu haben.«

»Wie klug du doch bist, Cousine«, erwiderte Paul. »Und wie gut du die Dinge auf den Punkt bringst. Genauso wäre es mir vorgekommen: als ob ich meine Aufgabe nicht zu Ende gebracht hätte.«

Er hielt kurz inne und fragte dann: »Was hast du eigentlich hier gemacht?«

Ich zog mein Taschentuch heraus und blickte ihm ins Gesicht, dieses Gesicht, das dem meinen so verstörend ähnlich sah.

»Ich habe nur die Golfschläger abgestaubt«, sagte ich.

Zwei Tage später reiste ich ab. Wir sprachen nie wieder über Maybricks Tod. Die Ermittlungen verliefen im Sande. Ich hätte meinen Vetter fragen können, wie er es gemacht hatte, doch ich fragte nicht. Jahrelang glaubte ich, dass die ganze Wahrheit nie ans Licht kommen würde. Mein Vetter starb in Frankreich – Gott sei Dank nicht in den Verhörkellern der Gestapo, sondern durch einen Schuss aus dem Hinterhalt. Ich fragte mich, ob sein Komplize davongekommen oder ob er mit Paul gefallen war. Meine Großmutter lebte fortan allein auf Stutleigh Manor und vermachte das Anwesen, als sie im Alter von einundneunzig Jahren starb, einer Stiftung für bedürftige Damen von Stand, die es wahlweise als Wohnheim weiterführen oder zu Geld machen konnte. Niemals hätte ich gedacht, dass sie sich ausgerechnet eine solche Organisation als Erben aussuchen würde. Die Stiftung verkaufte.

Großmutters einzige Hinterlassenschaft an mich

waren die Bücher in ihrer Bibliothek. Die meisten davon habe auch ich schließlich veräußert, aber zunächst einmal fuhr ich nach Stutleigh, um die Bestände zu sichten und zu entscheiden, was ich behalten wollte. Eingeklemmt zwischen zwei dicken Wälzern mit trockenen Predigttexten aus dem 19. Jahrhundert entdeckte ich ein Fotoalbum. Am selben Schreibtisch, an dem Rowland Maybrick ermordet worden war, schlug ich es auf und betrachtete lächelnd die Sepiaaufnahmen hochbusiger Damen mit geschnürter Taille und ausladenden, mit Blumen garnierten Hüten. Und dann, als ich eine der steifen Pappseiten umblätterte, sah ich plötzlich meine Großmutter als junge Frau vor mir. Soweit man es erkennen konnte, trug sie auf dem Kopf ein albernes kleines Käppchen im Jockeystil, und der Golfschläger in ihrer Hand wirkte so selbstverständlich wie ein Sonnenschirm. Neben der Fotografie stand in Schönschrift ihr Name und darunter der Vermerk: »Siegerin des County-Damen-Golfturniers 1898.«

Paul Auster
Auggie Wrens Weihnachtsgeschichte

Ich habe diese Geschichte von Auggie Wren gehört. Da Auggie darin keine allzu gute Figur macht, jedenfalls keine so gute, wie er es gerne hätte, hat er mich gebeten, seinen richtigen Namen zu verschweigen. Im Übrigen aber entspricht die ganze Sache mit der verlorenen Brieftasche und der blinden Frau und dem Weihnachtsessen genau dem, was er mir erzählt hat.

Auggie und ich kennen uns jetzt seit fast elf Jahren. Er arbeitet als Verkäufer in einem Zigarrengeschäft an der Court Street in Brooklyn, und da dies der einzige Laden ist, der die kleinen holländischen Zigarren führt, die ich so gerne rauche, komme ich ziemlich oft dort vorbei. Lange Zeit habe ich kaum einen Gedanken an Auggie Wren verschwendet. Für mich war er nur der seltsame kleine Mann im blauen Sweatshirt mit Kapuze, der mir Zigarren und Zeitschriften verkaufte, der schelmische, witzelnde Typ, der immer etwas Komisches über das Wetter, die Mets oder die Politiker in Washington zu sagen hatte, und das war auch schon alles.

Aber dann blätterte er vor einigen Jahren eines Tages in seinem Laden eine Zeitschrift durch und stieß dabei zufällig auf eine Rezension eines meiner Bücher. Dass ich es war, sagte ihm ein Foto neben der Rezension, und danach änderten sich die Dinge zwischen uns. Ich war für Auggie nicht mehr nur ein Kunde unter anderen, ich war zu einem Mann von Rang geworden. Die meisten Leute hatten keinerlei Interesse an Büchern und Schriftstellern, aber wie sich herausstellte, hielt Auggie sich selbst für einen Künstler. Nachdem er das Rätsel um meine Person geknackt hatte, begrüßte er mich wie einen Verbündeten, einen Vertrauten, einen Kampfgenossen. Mir war das, ehrlich gesagt, ziemlich peinlich. Und dann kam fast unvermeidlich der Augenblick, da er mich fragte, ob ich bereit sei, mir seine Fotografien anzusehen. In Anbetracht seiner Begeisterung und seines guten Willens brachte ich es einfach nicht übers Herz, nein zu sagen.

Weiß Gott, was ich erwartet habe. Auf alle Fälle nicht das, was Auggie mir dann am nächsten Tag gezeigt hat. In einem kleinen fensterlosen Hinterzimmer des Ladens öffnete er eine Pappschachtel und zog zwölf völlig gleich aussehende schwarze

Fotoalben daraus hervor. Dies sei sein Lebenswerk, sagte er, und er brauche nicht mehr als fünf Minuten am Tag dafür. In den letzten zwölf Jahren habe er jeden Morgen um Punkt 7 Uhr an der Ecke Atlantic Avenue und Clinton Street gestanden und jeweils aus genau demselben Blickwinkel ein Farbfoto aufgenommen. Das Projekt umfasste inzwischen über viertausend Fotografien. Jedes Album repräsentierte ein anderes Jahr, und sämtliche Bilder waren der Reihe nach eingeklebt, vom 1. Januar bis zum 31. Dezember, und unter jedes einzelne war sorgfältig das Datum eingetragen.

Als ich in den Alben herumblätterte und Auggies Werk zu studieren begann, wusste ich gar nicht, was ich denken sollte. Anfangs hatte ich den Eindruck, dies sei das Seltsamste, das Verblüffendste, was ich je gesehen hatte. Die Bilder glichen sich aufs Haar. Das ganze Projekt war ein betäubender Angriff von Wiederholungen, wieder und wieder dieselbe Straße und dieselben Gebäude, ein anhaltendes Delirium redundanter Bilder. Da mir nichts dazu einfiel, schlug ich erst einmal weiter die Seiten um und nickte voll geheuchelter Anerkennung. Auggie schien ungerührt, er sah mir mit breitem Lächeln zu, aber nachdem ich ein paar Minuten so herumgeblättert hatte, unterbrach er mich plötzlich und sagte: »Sie sind zu schnell. Wenn Sie nicht langsamer machen, werden Sie nie dahinterkommen.«

Er hatte natürlich recht. Wer sich keine Zeit zum Hinsehen nimmt, wird niemals etwas sehen. Ich nahm ein anderes Album und zwang mich, bedächtiger vorzugehen. Ich achtete genauer auf Einzelheiten, bemerkte den Wechsel des Wetters, registrierte die mit dem Fortschreiten der Jahreszeiten sich ändernden Einfallswinkel des Lichts. Schließlich vermochte ich subtile Unterschiede im Verkehrsfluss zu erkennen, den Rhythmus der einzelnen Tage vorauszuahnen (das Gewühl an Werktagen, die relative Ruhe der Wochenenden, den Kontrast zwischen Samstagen und Sonntagen). Und dann begann ich ganz allmählich die Gesichter der Leute im Hintergrund zu erkennen, die Passanten auf dem Weg zur Arbeit, jeden Morgen dieselben Leute an derselben Stelle, wie sie einen Augenblick ihres Lebens im Blickfeld von Auggies Kamera verbrachten.

Sobald ich sie wiedererkannte, begann ich zu erforschen, wie ihre Haltungen von einem Morgen zum anderen wechselten; ich versuchte aus diesen oberflächlichen Anzeichen auf ihre Stimmungen zu schließen, als ob ich mir Geschichten für sie ausdenken könnte, als ob ich in die unsichtbaren, in ihren Körpern eingeschlossenen Dramen eindringen könnte. Ich nahm mir ein anderes Album vor. Jetzt war ich nicht mehr gelangweilt, nicht mehr verwirrt wie am Anfang. Auggie fotografierte die Zeit, wurde mir klar, sowohl die natürliche Zeit als auch die menschliche Zeit, und dies bewerkstelligte er, indem er sich in einem winzigen Winkel der Welt postierte und ihn in Besitz nahm, einfach indem er an der Stelle, die er sich erwählt hatte, Wache hielt. Auggie sah mir zu, wie ich mich in sein Werk vertiefte, und lächelte vergnügt in sich hinein. Und dann zitierte er, schier als hätte er meine Gedanken gelesen, eine Zeile aus Shakespeare. »Morgen, morgen und dann wieder morgen«, murmelte er leise, »kriecht so mit kleinem Schritt die Zeit von Tag zu Tag.« Und da begriff ich, dass er ganz genau wusste, was er da tat.

Das war vor mehr als zweitausend Bildern. Seit jenem Tag haben Auggie und ich oft über sein Werk diskutiert, aber erst letzte Woche habe ich erfahren, wie er überhaupt an seine Kamera gekommen ist und mit dem Fotografieren angefangen hat. Darum ging es in der Geschichte, die er mir erzählte, und ich versuche mir noch immer einen Reim darauf zu machen.

Etwas früher in derselben Woche rief mich jemand von der *New York Times* an und fragte, ob ich bereit sei, für die Weihnachtsausgabe dieser Zeitung eine Shortstory zu schreiben. Spontan sagte ich nein, aber der Mann war sehr charmant und hartnäckig, und am Ende des Gesprächs sagte ich ihm zu, dass ich es versuchen würde. Kaum hatte ich jedoch den Hörer aufgelegt, geriet ich in helle Panik. Was wusste ich schon von Weihnachten?, fragte ich mich. Was wusste ich von auf Bestellung geschriebenen Kurzgeschichten?

Die nächsten Tage verbrachte ich in Verzweiflung, rang mit den Geistern von Dickens, O'Henry und anderen Meistern der weihnachtlichen Stimmung. Schon der Ausdruck »Weihnachtsgeschichte« war für mich mit unangenehmen Assoziationen verknüpft, ich konnte dabei nur an grässliche Ergüsse von heuchlerischem Schmalz und süßlichem Kitsch denken. Selbst die besten Weihnachtsgeschichten waren nicht mehr als Wunscherfüllungsträume, Märchen für Erwachsene, und ich wollte mich hängen lassen, wenn ich mir jemals erlaubte, etwas Derartiges zu Papier zu bringen. Und doch, wie konnte sich irgendwer vornehmen, eine unsentimentale Weihnachtsgeschichte zu schreiben? Das war doch ein Widerspruch in sich, ein Ding der Unmöglichkeit, ein unlösbares Rätsel. Ebenso gut konnte man sich ein Rennpferd ohne Beine vorstellen oder einen Spatz ohne Flügel.

Ich kam nicht weiter. Am Donnerstag machte ich einen langen Spaziergang, ich hoffte, an der frischen Luft einen klaren Kopf zu bekommen. Kurz nach Mittag trat ich in das Zigarrengeschäft, um meinen Vorrat wieder aufzufüllen, und Auggie stand wie immer hinter dem Ladentisch. Er erkundigte sich nach meinem Befinden. Ohne es eigentlich zu wollen, schüttete ich ihm plötzlich mein Herz aus.

»Eine Weihnachtsgeschichte?«, fragte er, nachdem ich fertig war. »Ist das alles? Wenn Sie mir ein Essen spendieren, mein Freund, erzähle ich Ihnen die beste Weihnachtsgeschichte, die Sie je gehört haben. Und ich garantiere, dass jedes Wort davon die reine Wahrheit ist.«

Wir gingen den Block runter zu Jack's, einem engen und lärmenden Imbiss, wo es gute Pastrami-Sandwiches gab und alte Mannschaftsfotos von den Dodgers an den Wänden. Wir fanden hinten einen freien Tisch, bestellten unser Essen, und Auggie begann seine Geschichte.

»Es war im Sommer 72«, sagte er. »Eines Morgens kam ein junger Bursche in den Laden und fing an zu stehlen. Er wird neunzehn oder zwanzig gewesen sein, und ich habe wohl in meinem ganzen Leben noch keinen so erbärmlichen Ladendieb gesehen. Er stand vor dem Taschenbuchregal an der hinteren Wand und stopfte sich Bücher in die Taschen seines Regenmantels. Da gerade mehrere Leute an der Kasse standen, konnte ich ihn zunächst gar nicht sehen. Aber sobald ich merkte, was er da trieb, fing ich an zu schreien. Er nahm Reißaus wie ein Karnickel, und als ich endlich hinterm Ladentisch hervorkonnte, stürmte er bereits die Atlantic Avenue hinunter. Ich habe ihn etwa einen halben Block weit verfolgt und es dann aufgegeben. Ich hatte keine Lust mehr, ihm nachzurennen, und da er unterwegs etwas hatte fallen lassen, bückte ich mich danach.

Es war seine Brieftasche. Geld war keins drin, dafür aber sein Führerschein und drei oder vier Schnappschüsse. Ich nehme an, ich hätte die Polizei holen und ihn verhaften lassen können. Sein Name und seine Adresse standen auf dem Führerschein, aber irgendwie tat er mir leid. Er war doch bloß ein mickriger kleiner Anfänger, und als ich mir die Bilder in seiner Brieftasche ansah, konnte ich einfach keine Wut auf ihn empfinden. Robert Goodwin. So hieß er. Auf einem der Bilder, erinnere ich mich noch, hatte er seine Mutter oder Großmutter im Arm. Auf einem anderen war er als Neun- oder Zehnjähriger zu sehen, er saß da in einem Baseballdress und grinste breit vor sich hin. Ich habe es einfach nicht übers Herz gebracht. Jetzt war er vermutlich drogensüchtig, dachte ich mir. Ein armer, chancenloser Junge aus Brooklyn, und wen kümmerten schon ein paar läppische Taschenbücher?

Die Brieftasche habe ich jedenfalls behalten. Ab und zu hatte ich ein leises Bedürfnis, sie ihm zurückzuschicken, aber das habe ich immer wieder aufgeschoben und nie etwas unternommen. Dann wird es Weihnachten, und ich sitze rum und habe nichts zu tun. Normalerweise lädt mich der Chef an diesem Tag zu sich nach Hause ein, aber in dem Jahr war er mit seiner Familie zu Besuch bei Verwandten in Florida. Da sitze ich also an diesem Morgen in meiner Wohnung und bemitleide mich ein bisschen, und plötzlich sehe ich Robert Goodwins Brieftasche auf einem Regal in der Küche liegen. Ich denke, was zum Teufel, warum nicht ausnahmsweise mal was Nettes tun, ziehe meinen Mantel an und mache mich auf den Weg, die Brieftasche persönlich zurückzugeben.

Die Adresse war in Boerum Hill, in irgendeiner der Siedlungen da. Es fror an diesem Tag, und ich weiß noch, dass ich mich auf der Suche nach dem richtigen Gebäude ein paar Mal verlaufen habe. In dieser Gegend sieht alles gleich aus, man läuft immer durch dieselbe Straße und denkt, man wäre ganz woanders. Jedenfalls komme ich endlich zu der Wohnung, die ich suche, und drücke auf die Klingel. Tut sich nichts. Ich nehme an, es ist niemand zu Hause, versuche es aber zur Sicherheit noch einmal. Ich warte ein bisschen länger, und gerade als ich es aufgeben will, höre ich wen zur Tür schlurfen. Eine alte Frauenstimme fragt, wer da ist, und ich sage, ich möchte zu Robert Goodwin. ›Bist du das, Robert?‹, fragt die alte Frau, und dann schließt sie ungefähr fünfzehn Schlösser auf und öffnet die Tür.

Sie muss mindestens achtzig Jahre alt sein, vielleicht sogar neunzig, und als Erstes fällt mir an ihr auf, dass sie blind ist. ›Robert‹, sagt sie. ›Ich wusste, du würdest deine Oma Ethel zu Weihnachten nicht vergessen.‹ Und dann breitet sie die Arme aus, als ob sie mich an sich drücken will.

Sie verstehen, ich hatte nicht viel Zeit zum Denken. Ich musste ganz schnell etwas sagen, und ehe ich wusste, wie mir geschah, hörte ich die Worte aus meinem Mund kommen. ›Ja, Oma Ethel‹, sage ich. ›Ich bin zurückgekommen, um dich an Weihnachten zu besuchen.‹ Fragen Sie mich nicht, warum ich das getan habe. Ich habe keine Ahnung. Vielleicht wollte ich sie nicht enttäuschen oder so, was weiß ich. Es ist mir einfach so rausgerutscht, und plötzlich hat diese alte Frau mich vor ihrer Tür in die Arme genommen, und ich habe sie an mich gedrückt.

Dass ich ihr Enkel sei, habe ich nicht direkt gesagt. Jedenfalls nicht mit diesen Worten, aber sie hat es so aufgefasst. Ich wollte sie bestimmt nicht reinlegen. Das war wie ein Spiel, für das wir uns beide entschieden hatten – ohne erst über die Regeln zu diskutieren. Ich meine, diese Frau hat gewusst, dass ich nicht ihr Enkel Robert war. Sie war alt und klapprig, aber sie war nicht so weit weggetreten, dass sie den Unterschied zwischen einem Fremden und ihrem eigen Fleisch und Blut nicht gemerkt hätte. Aber es hat sie glücklich gemacht, so zu tun, als ob, und da ich sowieso nichts Besseres zu tun hatte, habe ich gerne mitgespielt.

Wir sind dann also rein und haben den Tag zusammen verbracht. Die Wohnung war ein richtiges Dreckloch, sollte ich vielleicht sagen, aber was kann man sonst auch von einer blinden Frau erwarten, die ihren Haushalt ganz alleine macht? Immer wenn sie mich gefragt hat, wie es mir geht, hab ich gelogen und ihr erzählt, ich hätte einen guten Job in einem Zigarrenladen gefunden, ich würde demnächst heiraten, und hundert andere nette Geschichten, und sie hat so getan, als ob sie mir jedes Wort glauben würde. ›Wie schön, Robert‹, hat sie gesagt und lächelnd genickt. ›Ich habe ja immer gewusst, dass du es zu etwas bringen würdest.‹

Nach einer Weile bekam ich ordentlich Hunger. Da nicht viel Essen im Haus zu sein schien, bin ich zu einem Laden in der Nähe gegangen und habe einen Haufen Zeug gekauft. Ein gekochtes Huhn, Gemüsesuppe, ein Eimerchen Kartoffelsalat, Schokoladenkuchen, alles Mögliche. Ethel hatte im Schlafzimmer ein paar Flaschen Wein versteckt, und so konnten wir ein ganz ordentliches Weihnachtsessen auf die Beine stellen. Der Wein hat uns ein bisschen angeheitert, das weiß ich noch, und nach dem Essen haben wir uns ins Wohnzimmer gesetzt, weil die Sessel da bequemer waren. Ich musste mal pinkeln, also entschuldigte ich mich und ging durch den Flur zum Badezimmer. Und da nahmen die Dinge plötzlich eine andere Wendung. Meine kleine Nummer als Ethels Enkel war ja schon reichlich absurd, aber was ich dann als nächstes tat, war absolut verrückt, und ich habe mir das nie verziehen.

Ich komme also ins Bad, und an der Wand gleich neben der Dusche sehe ich sechs oder sieben Kameras aufgestapelt. Nagelneue 35-Millimeter-Kameras, noch in der Verpackung, allerbeste Ware. Ich denke, das ist das Werk des echten Robert, ein Lagerplatz für seine letzte Beute. Ich habe noch nie in meinem Leben ein Foto gemacht, und gestohlen habe ich auch noch nie etwas, aber kaum sehe ich diese Kameras im Badezimmer, beschließe ich, dass eine davon mir gehören soll. Einfach so. Und ohne eine Sekunde nachzudenken, klemme ich mir eine Schachtel unter den Arm und gehe ins Wohnzimmer zurück.

Ich kann höchstens drei oder vier Minuten weg gewesen sein, aber in dieser Zeit war Oma Ethel in ihrem Sessel eingeschlafen. Zu viel Chianti, nehme ich an. Ich habe dann in der Küche den Abwasch gemacht, und sie hat bei dem ganzen Lärm weitergeschlafen und geschnarcht wie ein Baby. Sie zu stören schien mir vollkommen überflüssig, also beschloss ich zu gehen. Ich konnte ihr noch nicht einmal einen Brief zum Abschied schreiben, schließlich war sie ja blind, und so bin ich einfach gegangen. Die Brieftasche ihres Enkels ließ ich auf dem Tisch liegen, dann nahm ich die Kamera und ging aus der Wohnung. Und damit ist die Geschichte aus.«

»Haben Sie die Frau noch mal besucht?«, fragte ich.

»Einmal«, sagte er. »Etwa drei oder vier Monate danach. Ich hatte ein so schlechtes Gewissen wegen der Kamera, dass ich sie noch gar nicht benutzt hatte. Am Ende beschloss ich, sie ihr zurückzugeben, aber Ethel war nicht mehr da. Ich weiß nicht, was aus ihr geworden ist, aber es war jemand anders in die Wohnung eingezogen, und der konnte mir nicht sagen, wo sie steckte.«

»Wahrscheinlich ist sie gestorben.«

»Tja, wahrscheinlich.«

»Das heißt, sie hat ihr letztes Weihnachtsfest mit Ihnen verbracht.«

»Anzunehmen. So habe ich das noch nie gesehen.«

»Es war eine gute Tat, Auggie. Das war nett von Ihnen, ihr die Freude zu machen.«

»Ich habe sie angelogen, und dann habe ich sie bestohlen. Ich verstehe nicht, wie Sie das eine gute Tat nennen können.«

»Sie haben sie glücklich gemacht. Und die Kamera war sowieso gestohlen. Sie haben sie jedenfalls nicht demjenigen weggenommen, dem sie wirklich gehört hat.«

»Alles für die Kunst, Paul, wie?«

»So würde ich das nicht ausdrücken. Aber zumindest haben Sie die Kamera für einen guten Zweck verwendet.«

»Und Sie haben jetzt Ihre Weihnachtsgeschichte, stimmt's?«

»Ja«, sagte ich. »Ich glaube schon.«

Ich unterbrach mich kurz und sah, dass Auggies

Lippen sich zu einem boshaften Lächeln verzogen. Ich konnte nicht sicher sein, aber sein Blick war in diesem Moment so rätselhaft, leuchtete so hell von irgendeinem innerlichen Vergnügen, dass mir plötzlich der Gedanke kam, er könnte die ganze Geschichte erfunden haben. Ich wollte ihn schon fragen, ob er mich auf den Arm genommen habe, erkannte dann aber, dass er mir das nie verraten würde. Er hatte mich dazu gebracht, ihm zu glauben, und das war das Einzige, was zählte. Solange auch nur ein Mensch daran glaubt, gibt es keine Geschichte, die nicht wahr sein kann.

»Sie sind ein Ass, Auggie«, sagte ich. »Danke, dass Sie mir geholfen haben.«

»Gern geschehen«, antwortete er und sah mich noch immer mit diesem irren Leuchten in den Augen an. »Was für Freunde sind das denn, wenn man seine Geheimnisse nicht mit ihnen teilen kann?«

»Dann stehe ich jetzt in Ihrer Schuld.«

»Aber nein. Schreiben Sie es einfach so auf, wie ich es Ihnen erzählt habe, und damit sind wir quitt.«

»Bis auf das Essen.«

»Stimmt. Bis auf das Essen.«

Ich erwiderte Auggies Lächeln, rief dann nach dem Kellner und bat um die Rechnung.

Patricia Highsmith
Zu Weihnachten tickt eine Uhr

»Haben Sie 'nen Franc für mich, Madame?«
So fing es an.

Michèle sah über den Arm voller Schachteln und Plastiktüten hinab auf einen kleinen Jungen in einem viel zu großen Wollmantel und mit einer Tweedmütze, die ihm über die Ohren gerutscht war. Er hatte große dunkle Augen und ein gewinnendes Lächeln. »Ja!« Sie warf ihm zwei Münzen zu, die sie nach dem Bezahlen des Taxis in der Hand behalten hatte.

»Merci, Madame!«

»Und das noch«, sagte Michèle, der auf einmal eingefallen war, dass sie kurz zuvor einen Zehnfrancschein in die Manteltasche gesteckt hatte.

Der Junge bekam den Mund nicht zu: »Ah, Madame – merci beaucoup!«

Eine Plastiktüte war ihr entglitten. Der Kleine hob sie auf.

Michèle lächelte, nahm die Tüte mit einem Finger und drückte mit dem Ellbogen auf den Türöffner. Die schwere Tür schwang klackend auf, und sie trat über die hohe Schwelle. Ein Stoß mit der Schulter ließ die Tür wieder zufallen. Sie ging über den Hof des Mietshauses; links und rechts säumten Bambusstengel den Weg wie schlanke Wächter, und neben den Pflastersteinen vor Hof E wuchsen Lorbeer und Farne. Charles würde schon zu Hause sein, es war kurz vor sechs. Was würde er zu all den Päckchen sagen und zu den mehr als dreitausend Franc, die sie heute ausgegeben hatte? Na gut, die meisten Weihnachtseinkäufe hatte sie damit erledigt, und eins war als Geschenk für Charles' Familie bestimmt – darüber konnte er sich kaum beschweren. Der Rest war für Charles und für ihre Eltern. Für sie selber war nur eins, ein Gürtel von Hermès, dem sie nicht hatte widerstehen können.

»Ah, der Weihnachtsmann!«, rief Charles, als Michèle hereinkam. »Oder seine Frau?«

Sie ließ die Päckchen im Flur auf den Boden fallen. »Pu-uh! Ja, ein guter Tag. Hab viel geschafft, mein ich. Wirklich!«

»Sieht ganz so aus.« Charles half ihr, Päckchen und Tüten wieder einzusammeln.

Michèle hatte den Mantel abgelegt und war aus den Schuhen geschlüpft. Sie warfen die Päckchen auf das große Doppelbett im Schlafzimmer. Michèle redete ununterbrochen, erzählte ihm von der schönen weißen Tischdecke für seine Eltern und von dem kleinen Jungen unten vor der Tür, der sie um einen Franc angebettelt hatte. »Ein einziger Franc – nach all dem, was ich heute gekauft habe! So ein süßer Bengel, etwa zehn Jahre alt. Und sah so arm aus – seine Kleider! Genau wie in den Weihnachtsgeschichten von früher, dachte ich. Tu sais? Wenn jemand, der weniger hat, um eine Kleinigkeit bittet.« Michèle lächelte strahlend, glücklich.

Charles nickte. Michèles Familie war reich. Charles Clément hatte sich hochgearbeitet, vom Maurerlehrling mit sechzehn zum Chef seiner eigenen Firma, Athénas Constructions, mit achtundzwanzig. Mit dreißig hatte er Michèle kennengelernt, die Tochter eines Kunden, und sie geheiratet. Manchmal wurde ihm schwindelig, wenn er an seinen Erfolg dachte, im Beruf wie privat. Er vergötterte Michèle, sie war wunderbar. Aber ihm wurde klar, dass er sich leichter als den kleinen Jungen sehen konnte, der um einen Franc bettelte (was er selber nie getan hätte), als etwa Michèles Bruder, der seine Wohltaten wie seine Schwester mit einer ganz eigenen Haltung verteilte – gütig und herablassend zugleich. Diese Haltung war ihm auch bei seiner Frau bereits aufgefallen.

»Nur ein Franc?«, fragte er schließlich. Und lächelte.

Michèle lachte. »Nein, ich hab ihm einen Zehnfrancschein gegeben, den hatte ich lose in der Tasche. Schließlich ist Weihnachten.«

Charles lachte leise. »Der Kleine wird wiederkommen.«

Michèle stand mit dem Gesicht zum Wandschrank vor der offenen Schiebetür. »Was soll ich heute Abend anziehen? Das hellrote Kleid, das du so magst – oder das gelbe? Das gelbe ist neuer.«

Charles legte den Arm um ihre Taille. Die lange Reihe Kleider, Blusen und Röcke sah aus wie ein Regenbogen zum Anfassen: schimmerndes Gold, samtiges Blau, Beige und Grün, Satin und Seide. Das hellrote Kleid konnte er unter all den anderen gar nicht entdecken, sagte dann aber:

»Ja, das Rote. In Ordnung?«

»Natürlich, chéri.«

Sie waren bei Freunden zum Abendessen eingeladen. Charles ging zurück ins Wohnzimmer und vertiefte sich wieder in seine Zeitung, während Michèle duschte und sich umzog. Er trug seine Hausschuhe – wie ein alter Mann, dachte er, dabei war er erst zweiunddreißig. Allerdings hatte er diese Angewohnheit schon seit seiner Jugend, als er mit seinen Eltern in Clichy gewohnt hatte. Jeden zweiten Tag war er mit nassen Schuhen und Strümpfen nach Hause gekommen, nachdem er auf einer Baustelle in Schlamm oder Wasser gestanden hatte, und Filzpantoffeln hatten sich danach gut angefühlt. Sonst aber war Charles schon ausgehfertig angezogen: dunkelblauer Anzug, ein Hemd mit Manschettenknöpfen und Seidenschlips, den er noch nicht festgeknotet hatte. Er steckte sich seine Pfeife an – Michèle würde noch eine ganze Weile brauchen – und ließ den Blick durch sein schönes Wohnzimmer schweifen, in Gedanken schon bei Weihnachten. Das erste Anzeichen für das Fest war der dunkelgrüne, rund dreißig Zentimeter große Adventskranz, den Michèle am Vormittag gekauft haben musste. Er lehnte auf dem Esstisch an der Obstschale. Michèle würde ihn bestimmt an den Klopfer der Wohnungstür hängen. Das Messing am Kamin, Schürhaken und Feuerzangen, glänzte wie immer, poliert von Geneviève, ihrer *femme de ménage*. Vier der guten Handvoll Ölbilder an den Wänden zeigten Michèles Vorfahren, zwei davon in weißen Rüschenkragen. Charles goss sich einen kleinen Glenfiddich ein und trank ihn unverdünnt. Der beste Whisky der Welt, fand er. Ja, das Schicksal hatte es gut mit ihm gemeint: Komfort und Luxus, wohin er auch schaute. Er streifte seine klobigen Hausschuhe ab und trug sie ins Schlafzimmer, wo er mit Hilfe eines silbernen Schuhlöffels in seine Ausgehschuhe schlüpfte. Michèle im Bad war noch mit Schminken beschäftigt und summte vor sich hin.

Zwei Tage später traf sie den kleinen Jungen wieder, dem sie den Zehnfrancschein gegeben hatte. Sie hatte die Haustür schon fast erreicht, da erst sah sie ihn, denn sie war mit ihrer Aufmerksamkeit ganz bei dem weißen Pudel gewesen, den sie gerade gekauft hatte. An der Straßenecke hatte sie ihr Taxi bezahlt und führte nun den Welpen vorsichtig an seiner neuen schwarzgoldenen Hundeleine den Bordstein entlang. Der Welpe wusste nicht, wohin; Michèle musste ihn hinter sich herziehen. Er drehte sich im Kreis, wuselte in die falsche Richtung, bis sein Halsband ihn würgte, sah dann gutmütig zu Michèle auf und trottete hinter ihr her. Ein Mann blieb stehen und betrachtete ihn bewundernd.

»Keine drei Monate«, antwortete Michèle auf seine Frage. In diesem Moment bemerkte sie den kleinen Jungen. Er trug denselben Wollmantel, den Kragen gegen die Kälte hochgeschlagen, und jetzt fiel ihr auf, dass es das Tweedjackett eines Mannes war, viel zu groß für ihn, die Ärmel aufgekrempelt, die Knöpfe versetzt, damit das Jackett enger an dem Kinderkörper anlag.

»B'jour, Madame!«, sagte der Junge. »Ist das Ihr Hund?«

»Ja, hab ihn gerade gekauft.«
»Wie viel hat er gekostet?«
Sie lachte.
Der Junge zog etwas aus seiner Tasche. »Das hier hab ich Ihnen mitgebracht.«

Ein winziger Stechpalmenstrauß mit roten Beeren. Als Michèle ihn mit der freien Hand entgegennahm, bemerkte sie, dass er aus Plastik war. Die Beeren hingen an künstlichen Zweiglein, der kleine Blechtopf war zerdrückt. »Danke schön«, sagte sie amüsiert. »Und was bin ich dir dafür schuldig?«

»Gar nichts, Madame!« Stolz sah er ihr in die Augen, lächelte. Ihm lief die Nase.

Sie drückte den Türknopf ihres Hauses. »Willst du kurz mit hochkommen und mit dem Hündchen spielen?«

»Oui, merci!« Er wirkte angenehm überrascht.

Michèle ging voraus, über den Hof und in den Fahrstuhl. Sie schloss die Wohnungstür auf und ließ den Hund von der Leine. Dann gab sie dem Jungen ein Papiertaschentuch aus ihrer Handtasche, und er putzte sich die Nase. Der Junge und der Welpe verhielten sich gleich, dachte sie: sahen sich um, drehten sich im Kreis, schnieften und schnüffelten.

»Wie soll ich den Welpen nennen?«, fragte Michèle. »Hast du eine Idee? Und wie heißt du?«

»Paul, Madame«, erwiderte der Junge und betrachtete wieder die Wände, das große Sofa.

»Gehen wir in die Küche. Du bekommst – eine Cola.«

Der Junge und der kleine Hund folgten ihr. Michèle stellte dem Welpen Wasser hin und holte eine Flasche Coca-Cola aus dem Kühlschrank.

Der Junge trank in kleinen Schlucken aus dem Glas, während sein Blick durch die große weiße Küche schweifte. Seine Augen erinnerten Michèle an offene Fenster. Oder an die Linse einer Kamera.

»Geben Sie dem Hündchen biftek haché, Madame?«, fragte der Kleine.

Michèle tat gerade mit einem Löffel rotes Fleisch aus dem Einwickelpapier auf eine Untertasse. »O ja, heute schon. Vielleicht auch jeden Tag, ein bisschen wenigstens. Später bekommt er Dosenfutter.« Als sie das Fleisch wieder verpackte, aß es der Junge mit seinem Blick förmlich auf, und spontan fragte sie: »Möchtest du was davon? Einen Hamburger?«

»Ja, auch ungebraten – ein bisschen.« Er streckte die Hand aus (schmutzige Fingernägel) und nahm, was sie ihm auf einem Teelöffel hinhielt. Paul steckte das Fleisch in den Mund.

Michèle legte das eingewickelte Fleisch zurück in den Kühlschrank und drückte die Tür zu. Irgendwie machte der Hunger des Jungen sie nervös. Natürlich bekam er nicht oft Fleisch zu essen, wenn seine Familie arm war. Sie wollte ihn nicht danach fragen. Leichter fiel es ihr, Paul kurz danach ein paar Kekse aus einer fast vollen Dose anzubieten. »Greif zu!« Sie gab ihm die ganze Dose.

Langsam, stetig aß der Junge alle Kekse auf, während er mit Michèle zusah, wie der Welpe die letzten Bröckchen von der Untertasse leckte. Dann nahm er die Untertasse und trug sie zur Spüle.

»Richtig so, Madame?«

Sie nickte. Charles und sie besaßen eine Spülmaschine und nutzten die Spüle selten für dreckiges Geschirr. Der Junge warf die leere Keksschachtel in den gelben Abfalleimer. Der Eimer war fast voll, und der Kleine fragte, ob er ihn für sie leeren solle. Michèle war verwundert, sie schüttelte kaum merklich den Kopf; ihr war, als habe sich ein Weihnachtsengel in ihr Haus verirrt. Der Junge und der weiße Welpe – der Junge so hungrig und der Welpe so jung! »Hier entlang – aber das brauchst du nicht zu tun.«

Doch der Junge wollte helfen, also zeigte sie ihm den grauen Plastiksack vor dem Dienstboteneingang, dort konnte er den Abfalleimer entleeren. Dann gingen sie zurück ins Wohnzimmer und spielten auf dem Teppich mit dem Welpen. Michèle hatte einen blauen Gummiball mit Glöckchen gekauft. Paul rollte den Ball behutsam auf das Hündchen zu. Höflich hatte er abgelehnt, den Mantel abzulegen oder sich zu setzen. Michèle bemerkte Löcher an den Fersen beider Strümpfe. Seine Schuhe waren noch schlechter dran: Risse zwischen Sohle und Oberleder. Sogar die Säume seiner Jeans waren zerschlissen. Wie sollte ein Kind bei diesem Wetter in Jeans nicht frieren?

»Merci, Madame«, sagte Paul. »Ich gehe jetzt.«

»Wuff, wuff!«, kam es von dem Welpen, der wollte, dass der Junge ihm den Ball noch einmal zurollte.

Auf einmal war Michèle so verlegen, als sei sie mit einem erwachsenen Mann aus einem anderen Land, einer anderen Kultur zusammen. »Danke für deinen Besuch, Paul. Und falls wir uns nicht mehr sehen: fröhliche Weihnachten.«

Auch Paul schien sich nicht wohl zu fühlen in seiner Haut; er wand sich und sagte: »Ihnen ebenfalls, Madame: fröhliche Weihnachten.« Und zum weißen Welpen: »Dir auch!« Unvermittelt wandte er sich zur Tür.

»Ich würde dir gern etwas schenken, Paul«, sagte Michèle, die ihm folgte. »Wie wär's mit einem Paar Schuhe? Welche Größe hast du?«

»Ha!« Wurde der Junge etwa rot? »Zweiunddreißig. Vielleicht auch vierunddreißig, denn ich wachse ja noch, sagt mein Vater.« Er hob einen Fuß; es sah komisch aus.

»Was macht dein Vater beruflich?« Michèle war froh, dass ihr eine unverfängliche Frage eingefallen war.

»Liefert Getränke aus. Er holt Kisten von einem Laster herunter.«

Michèle stellte sich einen kräftigen Kerl vor, der von einem riesigen LKW Kisten mit Mineralwasser, Wein und Bier herabhievte und leere Kisten hinaufwarf. Solche Arbeiter sah sie täglich überall in Paris, vielleicht hatte sie ja sogar Pauls Vater schon gesehen. »Hast du Geschwister?«

»Einen Bruder, zwei Schwestern.«

»Und wo wohnst du?«

»Ach... In einem Keller.«

Michèle wollte nicht nachfragen, ob sie wirklich im Keller oder im Souterrain wohnten und ob seine Mutter auch arbeite. Ihr Einfall, ihm Schuhe zu schenken, stimmte sie heiter. »Komm morgen gegen elf Uhr wieder, dann hab ich ein Paar Schuhe für dich.«

Paul schien ihr nicht zu glauben. Nervös wühlte er mit den Händen in den Manteltaschen herum. »Na gut. Um elf.«

Der Junge wollte allein den Fahrstuhl nach unten nehmen, und Michèle ließ ihn gehen.

Am nächsten Morgen kurz nach elf schlenderte Michèle über den Bürgersteig unweit ihrer Wohnung, den kleinen Hund an der Leine. Charles und sie hatten am Abend zuvor beschlossen, ihn Hesekiel zu nennen, was bereits zu Zeke verkürzt worden war. Auf einmal erblickte sie Paul, daneben ein noch kleineres Mädchen.

»Meine Schwester Marie-Jeanne.« Paul sah aus seinen großen, dunklen Augen zu ihr auf, dann hinab zu seiner Schwester, der er stumm bedeutete, Michèle die Hand zu geben.

Michèle ergriff die kleine Hand, sie begrüßten einander.

Die Schwester war eine kleinere Ausgabe ihres Bruders mit längerem schwarzem Haar. Die Schuhe – Michèle hatte Paul zwei Paar gekauft. Sie bat beide herauf. Wieder der Lift, das Öffnen der Wohnungstür, wieder dieses Staunen, diesmal in den Augen der Schwester.

»Probier sie an, Paul. Beide Paar«, sagte Michèle.

Paul saß auf dem Boden, aufgeregt und glücklich, und zog die Schuhe an. »Sie passen! Alle beide!« Zum Spaß schlüpfte er in den linken Schuh des einen und den rechten des anderen Paars.

Marie-Jeanne interessierte sich mehr für die Wohnung als für die Schuhe. Michèle holte Coca-Cola. Eine Flasche für jeden dürfte reichen, dachte sie. Sie hatte die Kinder ins Herz geschlossen, fürchtete aber, es zu übertreiben, sich irgendwie nicht mehr im Griff zu haben. Als sie mit den kalten Softdrinks hereinkam, fing Zeke gerade an, auf einem der neuen Schuhe herumzukauen, und Paul musste lachen. Rasch brachte seine Schwester den Schuh in Sicherheit, verschüttete dabei aber ein bisschen Cola auf dem Teppich. Michèle holte einen Schwamm aus der Küche, und Paul schrubbte am Fleck herum, dann spülte er den Schwamm aus.

Und auf einmal waren beide verschwunden, mit je einem Schuhkarton unter dem Arm.

Am Abend konnte Charles seinen Brieföffner nicht finden. Er lag immer auf seinem Schreibtisch, in einem Raum neben dem Wohnzimmer, der ihnen als Bibliothek und Charles als Arbeitszimmer diente. Er fragte seine Frau, ob sie ihn vielleicht genommen habe.

»Nein. Ist er runtergefallen?«

»Habe schon nachgesehen«, erwiderte Charles.

Dennoch vergewisserten sie sich noch einmal. Der Brieföffner war aus Silber; er sah aus wie ein flacher Dolch mit einem Knauf in Form einer zusammengerollten Schlange.

»Geneviève wird ihn irgendwo finden«, bemerkte Michèle, aber kaum hatte sie das gesagt, als sie schon Paul verdächtigte – vielleicht sogar seine Schwester. Sie erschauerte, wie peinlich berührt, als sei sie persönlich verantwortlich für den Diebstahl, der doch vorerst nur eine Vermutung war, keine Tatsache. Aber Michèle fühlte sich wirklich schuldig, als sie einen Blick auf das besorgte Gesicht ihres Mannes warf. Er öffnete den Brief mit dem Daumennagel.

»Was hast du heute gemacht, Liebling?« Charles lächelte schon wieder und legte den Brief in einem Geschäftsordner ab.

Michèle erzählte ihm, sie habe sich mit der Telefongesellschaft über ihre letzte Rechnung gestritten, mit Erfolg – dies hatte sie für Charles getan, der Zweifel an dem Betrag für ein Ferngespräch angemeldet hatte. Anschließend sei sie beim Friseur gewesen, doch nur für eine Stunde, dann mit Zeke dreimal Gassi gegangen und finde, der Welpe lerne schnell. Sie erwähnte weder die zwei Paar Schuhe, die sie für den Jungen namens Paul gekauft hatte, noch den Besuch des Jungen samt seiner Schwester in ihrer Wohnung.

»Außerdem hab ich den Kranz an der Tür aufgehängt«, sagte Michèle. »Nicht viel Arbeit, ich weiß, aber ist er dir denn nicht aufgefallen?«

»Doch, natürlich. Wie auch nicht?« Er nahm sie in den Arm und küsste sie auf die Wange. »Sehr hübsch, mein Schatz – der Kranz.«

Das war am Samstag. Am Sonntag arbeitete Charles wie so oft ein paar Stunden allein in seinem Zimmer. Michèle kaufte einen kleinen Weihnachtsbaum mit Kreuzständer und verbrachte am Nachmittag Stunden damit, den Baum zu schmücken. Schließlich stellte sie ihn nicht auf den Boden, sondern auf den Esstisch, weil der Welpe nicht aufhören wollte, mit dem Christbaumschmuck zu spielen. Michèle freute sich nicht gerade auf den obligatorischen Weihnachtsbesuch bei ihren Schwiegereltern am kommenden Montag, Heiligabend, punkt fünf Uhr: Die beiden hatten noch nie einen Baum gehabt, und selbst Charles hielt Weihnachtsbäume für eine alberne, aus England importierte Unsitte. Seine Eltern lebten in einer großen, alten Wohnung im ersten Stock eines Hauses im achtzehnten Arrondissement. Dort würden sie Geschenke austauschen und heißen Rotweinpunsch trinken, von dem Michèle stets übel wurde. Der Rest des Abends, in der Wohnung ihrer eigenen Eltern in Neuilly, versprach fröhlicher zu werden: Gegen Mitternacht würden sie kalt soupieren, Champagner trinken und im Fernsehen den Beginn des Weihnachtsfests auf der ganzen Welt verfolgen.

Das sagte sie Zeke: »Dein erstes Weihnachten! Und du bekommst – eine Truthahnkeule!«

Das Hündchen schien sie zu verstehen und tobte mit heraushängender Zunge durchs Wohnzimmer, den Schelm in seinen schwarzen Augen. Und Paul, Marie-Jeanne? Ob sie jetzt gerade guter Laune waren? Paul vielleicht, mit seinen beiden Paar Schuhen. Und womöglich fand sie noch Zeit vor Weihnachten, Marie-Jeanne eine Bluse oder ein Hemd zu kaufen, auch einen Kuchen für den anderen Bruder, die andere Schwester. Sie könnte das morgen, am Montag, erledigen, und vielleicht würde sie Paul noch treffen und ihm die Geschenke mitgeben können. Weihnachten, das hieß geben, teilen, mit Freunden und Nachbarn verbunden sein, sogar mit Fremden. Bei Paul hatte sie damit angefangen.

»Wau-Wau-Wauu!«, jaulte der Welpe, am Boden kauernd.

»Einen Moment, Zeke, mein Schatz!« Michèle lief seine Leine holen.

Sie warf sich eine Pelzjacke über und ging mit dem Hündchen nach draußen.

Sofort zog Zeke hin zum Rinnstein; Michèle lobte ihn dafür. Der edle Feinkostladen gegenüber hatte geöffnet; dort kaufte Michèle Pralinen in einer wunderschönen Blechdose, die über hundert Franc kosteten – nur weil ihr die rote Schleife auf der Dose ins Auge gesprungen war.

»Madame – bonjour!«

Wieder sah Michèle hinab auf Paul, in das Gesicht des Jungen, der zu ihr aufblickte.

»Noch einmal *joyeux Noël*, Madame!« Paul strahlte und stampfte mit den Füßen auf. Er trug die neuen braunen Schuhe, seine Hände hatte er tief in den Taschen vergraben.

»Hättest du gern eine heiße Schokolade?«, fragte Michèle. Gleich ein paar Meter weiter war ein bartabac.

»Non, merci.« Schüchtern drehte der Junge den Kopf weg.

»Oder eine Suppe!«, sagte Michèle bestimmt, von ihrer Idee begeistert. »Komm mit rauf!«

»Ich habe meine Schwester dabei.« Paul fuhr herum, steif vor Kälte, und im selben Augenblick kam Marie-Jeanne aus der Bar geschossen.

»Ach, Madame, bonjour!« Marie-Jeanne grinste. Sie hielt eine blaue, handgeflochtene Einkaufstasche in der Hand, die leer zu sein schien, doch dann öffnete sie die Tasche und zeigte sie ihrem Bruder: »Zwei Schachteln, stimmt doch, oder? – Zigaretten für meinen Vater«, fügte sie für Michèle hinzu.

»Wollt ihr zwei nicht kurz mit raufkommen und

euch meinen Weihnachtsbaum anschauen?« Immer noch glühte Michèle vor Gastfreundschaft. Was war schon falsch daran, den beiden eine heiße Suppe und etwas Süßes anzubieten?

Sie kamen mit. In der Wohnung schaltete Michèle das Radio an; die Londoner BBC brachte Weihnachtslieder. Genau das Richtige! Marie-Jeanne setzte sich vor dem Baum auf den Boden und plapperte mit ihrem Bruder über die schönen Präsentpakete, die sich vor dem Ständer auftürmten, über den Christbaumschmuck und die kleinen Geschenke in den Zweigen. Michèle wärmte eine Dose Erbsensuppe auf, zu der sie die gleiche Menge Milch hinzufügte. Wohltuend und nahrhaft! Der englische Knabenchor sang ein französisches Weihnachtslied, in das sie zu dritt einstimmten:

> *Il est né le divin Enfant…*
> *Chantez hautbois, résonnez musettes…*

Dann, wie schon beim ersten Mal, waren beide viel zu schnell wieder verschwunden, mit ihrem Gelächter und Geplapper. Zeke bellte, als wolle er sie zurückrufen, und Michèle blieb mit den leeren Suppenschüsseln und dem zerknüllten Pralinenpapier zurück. Spontan hatte sie den beiden die schöne Dose mitgegeben. Und in ein paar Minuten musste Charles nach Hause kommen. Michèle hatte gerade die Küche aufgeräumt und war ins Wohnzimmer zurückgekehrt, als sie das Klicken der Fahrstuhltür hörte, dann Charles' Schritte im Flur. Und gleichzeitig fiel ihr die Lücke auf dem Kaminsims auf: die Uhr – Charles' goldene Bronzeuhr! Sie konnte doch nicht verschwunden sein! Aber so war es.

Der Schlüssel drehte sich im Schloss, die Tür ging auf.

Michèle schnappte sich einen gelb eingeschlagenen Karton – Hausschuhe für Charles – und stellte ihn statt der Uhr auf den Sims.

»Hallo, Liebling!« Er küsste sie.

Charles wollte eine Tasse Tee: Draußen wurde es kälter, er hätte sich beinah erkältet, als er auf ein Taxi wartete. Michèle machte Tee für zwei und setzte sich so, dass Charles einen Sessel wählen würde, in dem er mit dem Rücken zum Kamin saß. Doch das klappte nicht; Charles nahm sich einen anderen Sessel.

»Was soll denn das Geschenk da oben?« Er meinte das gelbe Päckchen.

Charles hatte ein Auge für Ordnung. Lächelnd und immer noch gut gelaunt ließ er die erste Tasse Tee stehen und trat an den Kamin, nahm das Päckchen, drehte sich zum Weihnachtsbaum um und sah dann zurück zum Kamin: »Und wo ist die Uhr? Hast du sie weggenommen?«

Michèle biss sich auf die Zunge. So gern hätte sie gelogen und gesagt, ja, sie habe sie in einen Schrank gestellt, um auch den Kaminsims für Weihnachten dekorieren zu können, doch wäre das sinnvoll? »Nein, ich –«

»Stimmt etwas nicht mit der Uhr?« Charles wirkte jetzt ernst, so als frage er nach dem Befinden eines lieben Verwandten.

»Ich weiß nicht, wo sie ist«, sagte Michèle.

Charles runzelte die Stirn, schien auf einmal verspannt. Er warf das leichte Päckchen auf den Tisch, wo der Weihnachtsbaum stand. »Hast du diesen Jungen wieder getroffen? Hast du ihn etwa heraufgebeten?«

»Ja, Charles. Ja, ich – ich weiß, ich –«

»Und er war wohl heute nicht zum ersten Mal hier?«

Michèle schüttelte den Kopf. »Nein.«

»Um Himmels willen, Michèle! Du weißt auch, wohin mein Brieföffner verschwunden ist, nicht? Aber die Uhr! Mein Gott, die ist wichtiger! Verdammt viel wichtiger. Wo wohnt dieser Bengel?«

»Keine Ahnung.«

Charles ging zum Telefon, blieb dann aber stehen. »Wann war er hier? Heute Nachmittag?«

»Ja, vor knapp einer Stunde. Charles, tut mir furchtbar leid.«

»Weit weg kann er nicht wohnen. Wie mag er das angestellt haben, mit dir hier im Zimmer?«

»Seine Schwester war auch hier.« Michèle hatte ihr gezeigt, wo die Toilette war. Natürlich, Paul musste in diesen Minuten die Uhr an sich genommen und in die blaue Einkaufstasche gesteckt haben.

Charles verstand, er nickte grimmig. »Na ja, wenn sie die versetzen, werden sie fröhliche Weihnachten haben. Und ich wette, wir sehen für lange Zeit keinen von beiden wieder – wenn überhaupt. Wie konntest du diese kleinen Gauner nur in die Wohnung lassen?«

Michèle zögerte; sein Zorn schockierte sie. Der Zorn galt ihr. »Sie froren und hatten Hunger – und waren arm.« Sie sah ihrem Mann in die Augen.

»Das war mein Vater auch«, erwiderte Charles langsam, »als er diese Uhr kaufte.«

Michèle wusste das: Die Bronzeuhr war Stolz und Freude der Familie Clément gewesen, seit Charles etwa zwölf Jahre alt war. In ihrem Arbeiterhaushalt war sie das einzige schöne Stück gewesen. Gleich bei Michèles erstem Besuch bei den Cléments war ihr die Uhr aufgefallen, denn die übrige Einrichtung war scheußlich: Möbel im *style rustique,* überall billiges Furnier und Resopal. Außerdem hatte Charles' Vater ihnen die Uhr zur Hochzeit geschenkt.

»Das Dreckschwein«, murmelte Charles und zog an seiner Zigarette. Er starrte auf die leere Stelle über dem Kamin. »Du kennst solche Typen vielleicht nicht, meine liebe Michèle. Aber ich. Mit denen bin ich aufgewachsen.«

»Dann solltest du mehr Mitgefühl haben! Wenn wir die Uhr nicht wiederbekommen, Charles, dann kauf ich uns eine andere, die ihr so ähnlich ist wie möglich. Ich weiß noch ganz genau, wie sie aussieht.«

Charles schüttelte den Kopf, kniff die Augen zusammen und wandte sich ab.

Michèle räumte das Teegeschirr ab und verließ das Zimmer. Zum ersten Mal überhaupt hatte sie ihren Mann den Tränen nahe gesehen.

Charles wollte nicht zu dem Diner gehen, zu dem sie abends eingeladen waren. Er fand, sie solle allein hingehen und sich irgendeine Entschuldigung für ihn ausdenken. Michèle sagte zuerst, sie werde ebenfalls zu Hause bleiben, überlegte es sich dann aber anders und zog sich um.

»Ich sehe nicht, was falsch daran sein soll, eine neue Uhr zu kaufen«, sagte sie. »Ich verstehe nicht – «

»Wirst du wohl auch nie«, unterbrach sie ihr Mann.

Michèle kannte Bernard und Yvonne Petit seit Jahren und Jahren. Beide waren schon vor der Heirat mit Charles ihre Freunde gewesen. Michèle drängte es, Yvonne die Sache mit der Uhr zu erzählen, aber das war keine Geschichte, die man bei einem Abendessen für acht von sich geben konnte, und als es Zeit für den Kaffee war, hatte sie beschlossen, sie lieber gar nicht zu erzählen: Charles war ernsthaft verärgert, und das war ihre Schuld. Als Michèle jedoch gehen wollte, fragte Yvonne sie, ob sie etwas bedrücke, was Michèle erleichtert zugab. Yvonne führte sie in eine Bibliothek, die der ihrigen ähnelte, und dort platzte Michèle mit der ganzen Geschichte heraus.

»Wir haben hier genau die Uhr, die du brauchst!« sagte Yvonne. »Bernard gefällt sie nicht einmal besonders. Ha! Schrecklich, so was zu sagen, nicht? Aber die Uhr steht gleich dort drüben, meine liebe Michèle. Sieh mal!« Yvonne rückte ein paar Weihnachtskarten beiseite, so dass auf dem Wandsims die Uhr auf ihrem konvexen Sockel deutlich zu sehen war: schwarze Zeiger und ein rundes Zifferblatt mit einer krönenden Tiara aus vergoldeten Knäufen und Schnörkeln.

Tatsächlich glich die Uhr der gestohlenen fast

wie ein Ei dem andern. Während Michèle noch überlegte, holte Yvonne aus der Küche Zeitungspapier und eine Plastiktüte und wickelte die Uhr sorgfältig ein. Sie drückte sie Michèle in die Hand. »Ein Weihnachtsgeschenk!«

»Aber bei der Sache geht es Charles ums Prinzip. Ich kenne ihn. Und du auch, Yvonne. Wäre die gestohlene Uhr ein Erbstück meiner Familie, dann würde es mir nicht so viel ausmachen, das weiß ich, selbst wenn sie mich mein Leben lang begleitet hätte.«

»Ich weiß, ich weiß.«

»Und es geht darum, dass diese Kinder arm sind – und dass Weihnachten ist. Ich habe sie heraufgebeten, Paul zuerst, da war er ohne seine Schwester unterwegs. Allein ihre strahlenden Gesichter zu sehen war so wundervoll für mich. Sie waren so dankbar – schon für einen Teller Suppe. Paul hat mir gesagt, sie lebten irgendwo im Keller.«

Yvonne hörte zu, auch wenn ihr Michèle das nun schon zum zweitenmal erzählte. »Stell die Uhr einfach auf den Sims, dorthin, wo die andere stand. Und dann hoffe das Beste.« Dabei lächelte sie zuversichtlich.

Als Michèle mit dem Taxi nach Hause kam, lag Charles im Bett und las. In der Küche packte sie die Uhr aus und stellte sie auf den Sims. Erstaunlich, wie sehr sie der anderen glich! Charles hinter seiner Zeitung sagte, er sei vor einer halben Stunde mit Zeke draußen gewesen. Dann verstummte er, und Michèle versuchte nicht, mit ihm zu reden.

Am nächsten Tag, Heiligabend, entdeckte Charles morgens die neue Uhr auf dem Kaminsims, als er von der Küche ins Wohnzimmer kam. Dort hatten Michèle und er gerade gefrühstückt. Empört wandte Charles sich ihr zu: »*Bon,* Michèle, das reicht jetzt.«

»Yvonne hat sie mir gegeben. Uns, meine ich. Ich dachte – nur für Weihnachten...« Was genau hatte sie sich gedacht? Wie hatte sie diesen Satz beenden wollen?

»Du verstehst eben nicht«, sagte er bestimmt. »Ich habe der Polizei gestern Abend jene Uhr beschrieben. Ich bin aufs Revier gegangen, und ich habe fest vor, das Ding zurückzubekommen! Ich habe ihnen auch einen etwa ›zehnjährigen‹ Jungen und seine Schwester gemeldet, die irgendwo hier im Viertel im Keller wohnen.«

Charles klang, als habe er einem furchteinflößenden Feind den Krieg erklärt. Michèle fand das grotesk. Dann redete Charles, immer noch im Brustton kaum unterdrückten gerechten Zorns, über Unehrlichkeit, Sozialhilfe für verantwortungslose Almosenempfänger, die sie nicht verdienten, ja sich nicht einmal entsprechend Mühe gaben, über den mangelnden Respekt der Asozialen vor Privateigentum, und allmählich verstand Michèle ihn: Für Charles war es, als sei jemand in seine Burg eingedrungen, als habe seine eigene Frau dem Feind das Tor geöffnet – und als stehe sie auf dessen Seite. Bist du Kommunistin, hätte er sie ebenso gut fragen können. Michèle hielt sich nicht für eine Kommunistin, nie und nimmer.

»Ich glaube lediglich, dass die Reichen teilen sollten«, unterbrach sie ihn.

»Seit wann sind wir denn reich? Richtig reich, meine ich?«, versetzte Charles. »Ja, ja, ich weiß schon: Deine Familie, die ist wirklich reich, und du bist daran gewöhnt. Das hast du so mitbekommen. Ist nicht dein Fehler.«

Warum um alles in der Welt sollte es ihr Fehler sein, fragte sich Michèle. Dieses Terrain war ihr schon vertrauter: Oft genug hatte sie in Büchern und Zeitungen gelesen, dass in diesem Jahrhundert Reichtum geteilt werden müsse, sonst würde alles noch schlimm enden. »Tja, was diese Kinder betrifft – ich würd's wieder tun«, sagte sie.

Charles' Wangen zitterten vor Empörung: »Die haben uns beleidigt! Das war Diebstahl!«

Das Blut stieg ihr zu Kopfe. Sie verließ das Zimmer, genauso wütend wie ihr Mann. Aber sie meinte, nicht ganz falsch zu liegen – mehr als das, sie hatte recht. Sie sollte ihre Gedanken in Worte fassen, sich Argumente zurechtlegen. Ihr Herz raste. Sie sah kurz zur offenen Schlafzimmertür hinüber, wartete darauf, Charles zu sehen, seine Stimme zu hören, seine Bitte zurückzukommen. Nichts, Stille.

Charles ging eine halbe Stunde später ins Büro und sagte, er werde wahrscheinlich nicht vor halb vier zurück sein. Zwischen vier und fünf wurden sie im Haus seiner Eltern erwartet. Michèle rief Yvonne an, und während sie redeten, ordneten sich ihre Gedanken, und die wenigen Tränen versiegten.

»Ich finde seine Haltung falsch«, sagte sie.

»Aber das darfst du einem Mann nicht sagen, meine liebe Michèle. Sei vorsichtig.«

Nachmittags gegen vier begann sie ganz taktvoll: Sie fragte Charles, ob ihm das Geschenkpapier des Präsents für seine Mutter gefalle. Das Päckchen enthielt die weiße Tischdecke, die sie Charles gezeigt hatte.

»Ich gehe nicht hin. Ich kann nicht.« Und trotz Michèles Protesten fuhr er fort: »Glaubst du denn, ich könnte meinen Eltern ins Gesicht sagen, dass die Uhr gestohlen ist?«

Warum die Uhr überhaupt erwähnen, dachte Michèle? Es sei denn, er wollte ihnen Weihnachten verderben. Sie wusste, dass es aussichtslos war, ihn zum Mitkommen überreden zu wollen, also gab sie gleich auf. »Ich werde gehen. Und die Geschenke nehme ich mit.« Und sie ließ Charles verärgert brütend zu Hause zurück, wo er, wie er gesagt hatte, auf einen Anruf der Polizei wartete.

Michèle war beladen mit Geschenken aufgebrochen, Geschenke für Charles wie auch für ihre Eltern. Charles hatte gesagt, er werde gegen acht in der Wohnung ihrer Eltern in Neuilly aufkreuzen. Doch er kam nicht. Michèles Eltern schlugen vor, sie solle ihn anrufen: Vielleicht war er eingeschlafen oder arbeitete und hatte darüber die Zeit vergessen. Aber Michèle rief nicht an. Bei ihren Eltern war alles so heiter und schön – der Weihnachtsbaum, Champagner in Eiskübeln, ihre eigenen schönen Geschenke, darunter ein Reiseregenschirm im Lederfutteral. Charles und die Uhr warfen einen hässlichen, schwarzen, bedrohlichen Schatten auf den goldenen Schimmer des elterlichen Wohnzimmers, und Michèle platzte wiederum mit der ganzen Geschichte heraus.

Ihr Vater lachte leise: »Ich erinnere mich an die Uhr, glaub ich jedenfalls. Nichts Großartiges. Schließlich war sie nicht von Cellini.«

»Aber es geht doch um die Gefühle, Edouard«, sagte Michèles Mutter. »Jammerschade, dass es ausgerechnet zu Weihnachten passieren musste. Und du warst unvorsichtig, Michèle. Andererseits muss ich dir zustimmen – ja, sie sind bloß kleine Rotzbengel von der Straße. Und die Uhr war eine Versuchung für sie.«

Michèle fühlte sich weiter bestärkt.

»Ist nicht das Ende der Welt«, brummelte Edouard und schenkte Champagner nach.

Am nächsten Tag, dem ersten Weihnachtstag, dachte Michèle an die Worte ihres Vaters. Auch am Tag danach. Das Ende der Welt war es nicht, aber irgendetwas ging zu Ende. Die Polizei hatte die Uhr noch nicht gefunden, doch Charles gab die Hoffnung nicht auf. Er hatte mit den Beamten gesprochen – nicht ohne Nachdruck, versicherte er seiner Frau – und ihnen eine farbige Zeichnung der Uhr übergeben, die er mit vierzehn angefertigt hatte.

»Natürlich werden die Diebe sie nicht so schnell versetzen«, sagte er zu Michèle, »aber sie werden sie auch nicht in die Seine werfen. Früher oder später wollen sie Geld dafür haben, und dann kriegen wir sie.«

»Ehrlich gesagt, finde ich deine Einstellung unchristlich, ja sogar grausam«, sagte sie.

»Und deine find ich – dämlich.«

Das Ende der Welt war es nicht, aber das ihrer Ehe. Danach konnten keine Worte, keine Küsse und Umarmungen, so es sie denn gab, Michèle für die Worte ihres Mannes entschädigen. Und was genauso wichtig war: Sie spürte im Fühlen und Denken ihres Mannes eine tiefe Abneigung, einen wirklichen Widerwillen gegen sie. Und sie selbst? Empfand sie nicht ähnlich für ihn? Charles hatte das verloren, was Michèle für Menschlichkeit hielt – wenn er es je besessen hatte. Als Kind armer, unterprivilegierter Eltern hätte er mehr Mitleid haben sollen als sie, fand Michèle. Was war richtig? Was falsch? Sie war verwirrt, so wie manchmal, wenn sie über die Verse eines Weihnachtsliedes oder Gedichtes nachdachte, Verse, die ganz unterschiedlich interpretiert werden konnten – und doch suchte und fand das Herz, oder das Gefühl, anscheinend immer seinen eigenen Weg, so wie ihr eigenes Herz. Und war das nicht auch richtig? War es nicht richtig, zu vergeben, zumal in dieser Jahreszeit?

Ihrer beider Freunde und Eltern rieten zur Geduld. Sie sollten sich für ein, zwei Wochen trennen; Weihnachten mache die Menschen immer nervös; Michèle könne solange zu Yvonne und Bernard ziehen – was sie auch tat. Danach könnten Charles und sie noch einmal reden. Was sie auch taten. Doch eigentlich hatte sich nichts geändert, gar nichts.

Vier Monate später waren Charles und Michèle geschieden. Und die Uhr wurde nie gefunden.

Dan Kavanagh
Der 50-Pfennig-Weihnachtsmann

Es war Heiligabend in Duffys Wohnung. Es war auch sonst überall Heiligabend; doch überall sonst konnte man das an den üblichen Anzeichen erkennen – den aufgemotzten Tannenbaumstummeln, den Abraumhalden von Geschenken, den klirrenden Kisten mit Bacardi. Ein Weihnachtsbaum kam Duffy nicht ins Haus, weil er nicht wollte, dass er auf seinen schönen sauberen Fußboden nadelte; die zwei Geschenke, die er bislang erhalten hatte, waren ordentlich weggeräumt; sein Getränkewagen indessen umfasste nur einen Vierfingerrest Rioja sowie eine Schale mit Slimlines. Es war Heiligabend, und in der Sicherheitsbranche war Flaute. Duffy machte sich für seinen letzten Nachmittagsdienst als Oxford-Street-Weihnachtsmann bereit.

Zuerst nahm er eine Pizza Margherita von Marks & Spencer von dem Stapel im Tiefkühlschrank und legte sie neben die Mikrowelle. Nur noch sechs Stunden in einer roten Kutte und mit einem großen weißen Bart, dann konnte er es sich mit seinem Abendessen und einer Simon-and-Garfunkel-Kassette gemütlich machen. Vielleicht würde er den leckeren spanischen Wein in der Flasche mit dem goldenen Bändchen drum rum austrinken; er nahm sie vom Wagen und stellte sie neben die brettharte Tiefkühlpizza. Er warf einen Blick durchs Zimmer: Auf dem Fernseher lag die Weihnachtsausgabe von *Time Out* mit dem verführerischen Titelbild von John Major als Weihnachtsfee. Die Femsehtipps hatte er bereits mit grünem Filzschreiber angestrichen. Die zweistündige Sondersendung von *Minder* – darauf freute er sich schon. Hauptsache, es war ein guter Kampf drin. In den letzten Folgen von *Minder* hatte es nicht besonders viele gute Kämpfe gegeben. Ein guter Kampf würde ihn in Festtagsstimmung bringen. Sonst gab es ja nicht viel dazu: Zunächst mal würde Carol nicht da sein. Sie war unterwegs und strich Polypenüberstundengeld ein. Weihnachten hatten Ganoven wie Polypen immer viel zu tun: Da gab es Persische-Golf-Prinzessinnen, die noch kurz vor Toresschluss ihre Ladendiebstähle erledigten; übriggebliebene Fußballfans, die in die Brunnen am Trafalgar Square pinkeln wollten, und wenn das Wasser abgestellt war, wollten sie noch in die trockengelegten Becken pinkeln; da nahmen weihnachtliche Hütchenspieler die Leute auf der Straße aus und weihnachtliche Taschendiebe die Menge um die weihnachtlichen Hütchenspieler; da gab es Leute, die Geld ausgaben, als würden sie nie wieder eine Kreditkarte klauen. Was für eine Jahreszeit. Wenn die drei Weisen aus dem Morgenland noch mal mit ihren Geschenken ankämen, müssten sie die Wach- und Schließgesellschaft rund um die Uhr in Anspruch nehmen. Psst, Meister, wie wär's mit einer Nase Myrrhe? Schnell reinziehen, dann ist es so gut wie echt.

Duffy nahm seine Uhr ab und deponierte sie auf der Arbeitsplatte. Er war zwar nur ein 50-Pfennig-Weihnachtsmann und absolvierte seine Lehrzeit in einem drittklassigen Warenhaus, das von der Kundschaft lebte, die aus den namhaften Läden in der Oxford Street rüberschwappte, aber er wollte seine Arbeit ordentlich erledigen. Weihnachtsmänner tragen keine Digitaluhren: Da war sich Duffy ausnahmsweise mal sicher. Man musste ein gewisses Niveau halten, sonst ginge das Weihnachtsmannwesen endgültig vor die Hunde. Es liefen heutzutage eh schon ziemlich zwielichtige Gestalten im scharlachroten Kittel rum. Da gab es Weihnachtsmänner, die sich gar nicht mehr um eine anständige Illusion bemühten, die sich mit der einen Hand eine Zigarette drehten, während sie mit der anderen die Kinder auf ihren Schoß setzten. Da gab es Weihnachtsmänner, die, offen gesagt, nur in dem Metier gelandet waren, weil es zum Pfadfinderführer nicht gereicht hatte, wenn Sie verstehen, was ich meine.

Auf der Busfahrt zur Arbeit überlegte Duffy, dass nicht nur die Weihnachtsmänner allmählich verlotterten. Auch die Kinder waren viel zynischer geworden. Da war neulich so ein etwa fünf oder sechs Jahre alter Junge gewesen, der hatte sich bei ihm auf den Schoß gesetzt, und seine Beine waren so lang, dass die Füße platt auf dem Boden lagen. »Ey, Mama«, hatte er zum Grotteneingang hin gerufen, »mir haben sie einen von den sieben Zwergen untergejubelt.« Freches kleines Aas. Dann gab es Kinder, bei denen der Weihnachtsmann sowieso keinen Blumentopf gewinnen konnte, die eindeutig lieber Snoopy, Emu oder Roland Rat gehabt hätten. Wer will schon einem alten Opa begegnen, wenn er auch einem richtigen Tier begegnen kann? Der Weihnachtsmann als Idee war auf dem absteigenden Ast. Duffy hatte gehört, so ein Nobelladen hätte diesmal zu Weihnachten eine Rambogrotte aufgemacht, wo ein halbbekleideter Koloss mit Patronengurten über die mazolageölten Brustmuskeln geschnallt zwischen den künstlichen Palmen rumsaß und den lieben Kleinen zeigte, wie man eine Plastik-Armalite bedient. Was hatte das noch mit Weihnachten zu tun?

Duffy gab den Eltern die Schuld. Die meisten waren genauso zynisch. Da waren Mütter, die unbedingt mit ihrem Knirps zusammen in die Grotte wollten, nur um sich zu vergewissern, dass der nette alte Herr mit dem Stahlwollebart kein Kinderschänder war; nur um sicherzugehen, dass der Weihnachtsmann sich nicht an ihren engelsgleichen kleinen Wuschelköpfen vergriff. Da kamen streitsüchtige Eltern wieder zurück und beschwerten sich über die Qualität der Geschenke.

»Hören Sie, ich bin nur ein 50-Pfennig-Weihnachtsmann«, gab Duffy dann zurück. »Wenn Sie wollen, dass das Kind einen Heimcomputer aus dem Kleiebottich zieht, müssen Sie es in einem größeren Laden versuchen.« Dann war da dieser besoffene Vater, der sich neben den Watteschneemann stellte und laut zu verstehen gab, die Beziehung zwischen dem Weihnachtsmann und seinem Rentier weise eine Zuneigung auf, die über das natürliche Maß hinausging. *Dieser* Vorwurf ist mir ja nun neu, dachte Duffy.

Es war ein ruhiger Nachmittag unter den Krepppapiergirlanden und dem Schnee aus der Sprühdose. Das dreizehnte Kind diese Woche sagte zu ihm: »Advent, Advent, die Grotte brennt«, und wollte sich ausschütten vor Lachen. Duffy lachte so kehlig er konnte (es war so *ermüdend*, einen alten Mann zu spielen), und murmelte, während der liebe Kleine in dem Kliebottich wühlte: »Hoffentlich ist die Farbe giftig.« Vielleicht ging das Geschäft so schlecht, weil er zu billig war: Dass man von einem 50-Pfennig-Weihnachtsmann kein großes Geschenk bekommen würde, konnte sich jeder selbst ausrechnen. Oder vielleicht lag es einfach daran, dass Heiligabend alle mit ihren Einkäufen so spät dran waren, dass sie keine Zeit hatten, die Kinder ihre klebrigen Finger am Weihnachtsmannbart abwischen und sich ein Päckchen Anisbonbons in Weihnachtspapier abholen zu lassen.

Als der Nachmittag halb rum war, schlenderte Duffy zum Eingang seiner Grotte und betrachtete das Käufergewusel. Ja, die sahen alle so aus, als wären sie ziemlich spät dran mit ihren Einkäufen. Vor allem dieser Kerl im Regenmantel mit dem kleinen Schnurrbart da drüben am Schmucktresen. Ja, der war so spät dran mit seinen Einkäufen, dass er offenbar meinte, es ginge schneller, wenn er sich nicht an der Kasse anstellte. Ey, wo ich herkomme, nennt man das Klauen, dachte Duffy.

Er drängte sich in das Gewühl, wobei er unterwegs allen kleinen Kindern freundlich zunickte, als sei er lediglich auf Kundenfang. Gar keine schlechte Verkleidung, überlegte er; die könnte ich auch bei der Arbeit verwenden. Na, jedenfalls so etwa zwei Wochen im Jahr. Der Regenmantelmann am Schmucktresen, den Duffy beim Langfingermachen beobachtet hatte, schien die Absicht des anrückenden Weihnachtsmanns nicht bemerkt zu haben. Jetzt bist du dran, murmelte Duffy vor sich hin und packte den Kerl fest an der Schulter.

Und gleich ging alles schief. Duffy hielt den Mann fest, und der Mann hielt Duffy fest. Ehe Duffy noch seinen Zugriff qualitativ verbessern konnte, hatte der Kerl ihn gegen den Tresen gestoßen, vornüber aufs Knie gezogen, auf den Boden gewälzt und angefangen zu schreien. »Haltet den Dieb«, brüllte er, »haltet den Dieb. Hilfe. Hilfe. Haltet den Dieb.« Ey, das sollte *ich* doch sagen, dachte Duffy und fing selber an »Haltet den Dieb« zu rufen; da der Mann aber inzwischen auf seinem Brustkorb saß, kam es nicht so laut heraus, wie es eigentlich sollte. Außerdem wirkte es wohl etwas unglaubwürdig auf die Kundschaft; von dem jungen Kaufhausdetektiv, der die beiden Raufbolde schließlich trennte, ganz zu schweigen.

Er führte sie ab in das Büro des zweiten Geschäftsführers gleich neben Eisenwaren und Gartengeräten. Mit ob des gelungenen Fangs strahlenden Augen fragte der Detektiv, was da vorgefallen sei. Duffy ordnete seine rote Kutte und wollte eben den Mund aufmachen, da verkündete der Mann im Regenmantel auch schon mit eindrucksvoller Entrüstung: »Ich hab ihn beim Stehlen erwischt, und da ist er über mich hergefallen.«

Der Detektiv wandte sich Duffy zu.

»*Ich* hab *ihn* beim Stehlen erwischt, und da ist *er* über *mich* hergefallen.« Dummerweise war Duffy nicht gewohnt, den empörten Bürger zu spielen; vor allem, wenn er einen albernen roten Mantel mit künstlichem Pelzbesatz anhatte.

»Darf ich die Herren bitten, ihre Taschen auszuleeren?«

Der Mann mit dem Schnurrbart stand auf, zog wie ein Zauberer das Taschenfutter seines Regenmantels heraus, ging dann den Anzug durch und händigte einen Kamm, eine Brieftasche, einen Schlüsselbund und einen Kugelschreiber aus. Er wartete höflich, während er durchsucht wurde.

»Jetzt Sie«, sagte der junge Detektiv ein wenig barsch.

Duffy breitete resigniert die Arme aus, fuhr in die großen aufgesetzten Taschen seiner Weihnachtsmannuniform und zog zu seiner nur gelinden Überraschung sechs Uhren mit leuchtend bunten Plastikarmbändern heraus. Er hätte es sich denken können: Wer so ein Ding drehen kann, kann auch noch eins drehen, vor allem bei einer Rauferei.

»Okay, raus aus dem Dress.« Der Detektiv schlug jetzt einen vertraulichen Ton an. »Dahinten in der Grotte muss der Betrieb weiterlaufen.« Duffy händigte ihm sein scharlachrotes Kostüm aus. Der Detektiv riss ihm den Bart vom Gesicht wie ein Kinoheld, der einen balkanischen Bösewicht entlarvt. Aua. Das darf doch nicht wahr sein, dachte Duffy. Er sah die Schlagzeilen schon vor sich: WEIHNACHTSMANN KLAUT! In den vornehmeren Blättern würden sie vielleicht auch lieber schreiben: SICHERHEITSEXPERTE AUF FRISCHER TAT ERTAPPT. Über seine Arbeit sollte er besser den Mund halten; er wollte nicht für allzu viele Gratislacher sorgen.

Der Mann im Regenmantel musste zu seinem Zug. Der Detektiv rief die Polizei. Duffy saß in Hemd und Unterhose herum. Der Mann im Regenmantel wurde ein wenig ungehalten; er rollte den linken Ärmel hoch und stellte eine große goldene Uhr zur Schau.

»Wissen Sie, was das ist?«, fragte er den Detektiv. »Ja? Das ist nur eine Rolex. Das ist nur eine Ticktack im Wert von ein paar Riesen. Was sollte ich wohl mit so einer Ladung Schrottuhren anfangen?« Er deutete mit einer gewissen Verachtung auf den leuchtend bunten Haufen auf dem Schreibtisch des zweiten Geschäftsführers.

»Wahrscheinlich ist die auch geklaut«, meinte Duffy.

»Vorsicht, mein Sohn«, sagte der Mann im Regenmantel. »Sonst verklag ich dich noch wegen Verleumdung.«

Der Detektiv wandte sich an Duffy. »Haben Sie zufällig Bedarf an einer Uhr?« Duffy zog lässig die Manschette hoch. O Gott, da war nichts, nur ein nacktes Handgelenk. Na klar – er hatte seine Digitaluhr ja zu Hause gelassen, und alles nur, weil er den Kindern ein richtiger Weihnachtsmann sein wollte.

Der Mann im Regenmantel grinste, dann sah er wieder auf seine Rolex, die ihn daran erinnerte, dass er zum Zug musste. Er verkündete, er könne dem Geschäft noch fünf Minuten von seiner Zeit schenken. Er schrieb seinen Namen, die Adresse und Telefonnummer auf. Er erwähnte das wenig bekannte Verbrechen der Freiheitsberaubung, von dem der Detektiv trotz seiner Jugend anscheinend schon gehört hatte. Schließlich durfte er gehen.

Duffy saß in Hemd und Unterhose herum. Er fror. Er wollte vor die glühenden Kohlen seines elektrischen Kamins in der Grotte zurück. Er erbot sich, jedwedem Ersatzweihnachtsmann, den sie auftreiben könnten, zur Hand zu gehen; der Detektiv schien jedoch abgeneigt, auf das Angebot einzugehen.

»Keine Sorge«, sagte Duffy. »Ich hab nicht mit dem Rentier geschlafen.« Der junge Mann fand das gar nicht lustig, daher machten sich beide daran, auf die Polizei zu warten. Sie warteten anderthalb Stunden, worauf sich Duffy den zweiten Schock des Tages holte. Die Polizei kam in der Einzahl, in der weiblichen Form, und um ganz genau zu sein, kam sie in Gestalt von POMin Carol Lucas, manchen – dem Kaufhausdetektiv allerdings glücklicherweise nicht – als Duffys Freundin bekannt. Ihre Gefasstheit beeindruckte ihn, als sie sich einem Weihnachtsmann gegenübersah, dessen nackte Beine sie bislang in einem ganz anderen Zusammenhang gesehen hatte. Er war sich seiner eigenen Schauspielkünste nicht ganz sicher, daher duckte er den Kopf und sagte rasch sein Sprüchlein auf:

»Eins neunundsiebzig, zwischen vierzig und fünfzig, schwarze Haare mit Scheitel auf der rechten Seite, kleiner schwarzer Schnurrbart, Londoner Akzent, rehbrauner, zweireihiger Regenmantel, blauer Anzug, blauer Polyesterschlips, abgekaute Fingernägel, rotzfrech, rechtlich versiert, hab ihn beim Uhrenklauen erwischt, und ehe ich wusste, wie mir geschah, hat er sie mir in die Taschen von meinem Weihnachtsmannkostüm gesteckt.«

Duffy hielt inne. Der Detektiv starrte ihn unverwandt an.

Carol sagte: »Hört sich an wie Davie Morrison. Im Weihnachtsgeschäft ist er immer dabei. Hat er zufällig was von Freiheitsberaubung gesagt?« Der Detektiv zuckte zusammen, dann nickte er stumm. »Hmm. Dann ist es bestimmt Davie Morrison. Das Ding hat er schon öfter gedreht. Wahrscheinlich ist er inzwischen drüben bei Selfridges und klaut Videos.« Der Detektiv wirkte verlegen. Carol wandte sich an Duffy.

»Na, Herr Weihnachtsmann, wenn Sie ein Paar Hosen auftreiben können, sollten Sie wohl mal mitkommen.«

»Brauchen Sie Hilfe?«, fragte der Detektiv.

»Ich glaube, das schaffe ich schon«, sagte Carol.

Es war spät, als Duffy nach Hause kam. Er hatte Hunger. Von Aufregung bekam er immer Hunger. Er freute sich auf seine Pizza. Bisher war es nicht das schönste aller Weihnachtsfeste gewesen, und der Laden hatte ihm seinen Tagessatz nicht bezahlen wollen mit der Begründung, er habe unerlaubt seine Grotte verlassen. Duffy machte die Wohnungstür auf und stellte fest, dass ein schlechtes Weihnachtsfest noch steigerungsfähig ist.

Sie hatten den Tiefkühlschrank geklaut, und das hieß, sie hatten auch sein darin befindliches Weihnachtsessen geklaut: die Hähnchenflügel, die Einzelportion Plumpudding und die Eiscreme. Aus Spaß hatte er ein einzelnes Knallbonbon dazugelegt, und das war jetzt auch weg. Sie hatten seine Mikrowelle geklaut. Sie hatten seinen leckeren spanischen Wein aus der Flasche mit dem goldenen Bändchen drum rum ausgetrunken. Und *natürlich* hatten sie den Fernseher geklaut. Mein Gott, sie hatten sogar sein Exemplar von *Time Out* oben auf dem Fernseher geklaut: Konnten sich Schurken heutzutage nicht mal £ 1.20 leisten? Und jawohl, er hätte es sich denken können: Sie hatten seine Uhr von der Arbeitsplatte geklaut.

Meine Güte, hatte er Hunger. Er holte eine Bratpfanne raus und erhitzte etwas Öl darin. Als das Öl anfing, Blasen zu werfen, nahm er den aufgetauten Teigfladen mit dem grellfarbigen Belag und wollte ihn eben in die Pfanne gleiten lassen, da fiel ihm eine Extragarnierung auf. Die Schurken hatten ihm großzügigerweise ein Weihnachtsgeschenk dagelassen. Sie hatten auf seine Pizza Margherita gerotzt.

Fröhliche Weihnachten, Duffy!

Henry Slesar
Der Mann, der Weihnachten liebte

Als Lev Walters die ihn weckende Hand seiner Frau an der Schulter spürte, zweifelte er nicht daran, dass es wegen des Babys war. Mann! dachte er, jetzt käme sein Sohn vielleicht doch noch Weihnachten zur Welt! Seit Wochen schon redeten sie über diese Möglichkeit, wobei sie sich fragten, ob John Alexander Walters wohl sehr viel dagegen hätte, seinen Tag mit einem berühmteren Geburtstagskind zu teilen. (Sie kannten das Geschlecht des Babys, weil Elly eine Fruchtwasseruntersuchung hatte vornehmen lassen. Sie war zweiunddreißig, und es war ihr erstes Kind, warum also ein Risiko eingehen?) Doch als Lev endlich ganz wach war, was diesmal länger als sonst dauerte, weil er bis zwei Uhr morgens Geschenke eingepackt hatte, war ihm klar, dass nicht die Wehen der Grund für den Weckruf waren. Elly hielt das Telefon in der linken Hand. Das hatte immer nur eins zu bedeuten, denn Lev Walters war Polizist.

Captain Ab Peterson beantwortete seine erste

Frage, noch ehe er sie gestellt hatte. »Nein, Sam ist nicht da. Auf der Interstate hat es einen Unfall gegeben, in den drei Wagen verwickelt sind – zuviel Eierpunsch, nehme ich an. Ich habe hier nur Lutz und den Kleinen, und keiner von beiden hat genug Grips für die Sache.«

»Was für eine Sache?«, fragte Lev.

»Jemand ist spurlos verschwunden, wie weggezaubert«, sagte Ab. »Ein Mann namens Barry Methune. Wohnt in der Holly Road. Letzte Nacht.«

»Du willst mich wohl auf den Arm nehmen«, sagte Lev. »Vor Ablauf von mindestens achtundvierzig Stunden gilt niemand offiziell als vermisst.«

»Dieser Typ ist aus seinem eigenen Bett verschwunden, und seine Frau ist ganz schön hysterisch deswegen. Er hat zwei Kinder – sie haben noch nicht mal ihre Geschenke ausgepackt, und Daddy ist einfach weg... Rede wenigstens mal mit der Frau, okay? Sie wohnt nur zehn Minuten von dir entfernt. Sieh zu, dass du sie beruhigst, bis Sam zurück ist, ja? Tust du das?«

Lev wusste, dass er es tun würde, trotz Ellys verzogenem Mund. Der Stadt Lewisfield standen nur sechs Polizeibeamte zur Verfügung, und Feiertage waren immer ein Problem, sowohl aus logistischer wie auch emotionaler Sicht. Am schlimmsten war Weihnachten. Für das Privileg, am 25. Dezember zu Hause bleiben zu dürfen, hatte Lev zwei Urlaubstage hingegeben, und nun stand er da, zerrte sich die Socken hoch, stolperte in seine Hose und schickte sich an, irgendeiner Hausfrau die Hand zu halten, weil ihr Ehemann Weihnachten wahrscheinlich zu ausgiebig begossen hatte und jetzt nicht mehr wusste, wo er wohnte.

»Bleib nicht so lange weg«, sagte Elly. »Ich möchte das Baby nicht ohne dich kriegen.«

»Ohne mich hättest du's gar nicht zuwege gebracht«, sagte Lev.

Er näherte sich ihr, so weit es ging, um sie zu küssen.

Lev Walters hatte seine gesamten vierunddreißig Jahre in Lewisfield verbracht und zugesehen, wie sich seine Stadt wie ein Tintenfleck ausgebreitet hatte, um schließlich der Vorort einer benachbarten Großstadt zu werden. Das Wachstum hatte dem Ort Wohlstand gebracht, dem Gemeinwesen aber geschadet. Außerdem waren neue Wohngebiete entstanden, und die Holly Road gehörte dazu – Häuser wie Ausstechförmchen mit briefmarkengroßen Rasenflächen.

Weihnachten hatte der Straße noch eine andere Art von Gleichförmigkeit aufgezwungen. Fast an jeder Tür hingen Kränze, und in fast jedem Fenster leuchteten oder blinkerten Weihnachtsbäume.

Aber als Lev mit seinem Kombi in die Auffahrt zum Haus der Methunes einbog, fing auch er an zu blinkern. Hätte es einen Wettbewerb um das am weihnachtlichsten geschmückte Haus in Lewisfield gegeben – die Methunes hätten mit Sicherheit den ersten Preis gewonnen. Auf dem Rasenstück vor dem Haus stand ein Pferdeschlitten in Originalgröße, auf dem ein Weihnachtsmann aus Plastik die Zügel von vier Plastikrentieren hielt. In der Nase des einen glühte ein winziges rotes Lämpchen. Auf der Terrasse stand eine fast lebensgroße Weihnachtskrippe aufgebaut, deren bunte Lichterketten dem Jesuskind ein gelbsüchtiges und den es Anbetenden ein grünes, orangefarbenes oder blaues Aussehen verliehen. Sämtliche Regenrinnen und Fallrohre waren von Lichterketten gesäumt, ebenso die Fenster und die Haustür. Auf dem Rasen standen zwei mit Lichtergirlanden geschmückte Bäume, aber keiner von ihnen konnte es mit dem im Haus aufnehmen, einem stattlichen Zweimeterexemplar, das, mit jedem nur denkbaren Schmuck behängt, aus einem Durcheinander bunt eingewickelter Päckchen emporragte, die noch alle unausgepackt waren.

»Hier mag jemand Weihnachten«, murmelte er, als Mrs. Methune ihn einließ.

»Mein Mann«, sagte die Frau und unterdrückte

ein Schluchzen. »Das macht es ja so schrecklich. Dass das ausgerechnet heute passieren konnte!«

»Dass was passieren konnte?«, fragte Lev.

Sie war eine dünne, hübsche Frau mit straff zurückgenommenem Haar und leicht vorstehenden Zähnen, was ihr ein liebenswertes, kaninchenartiges Aussehen gab. Glücklicherweise hatte sie dunkle Augen und einen strengen Mund, obwohl die Ersteren verweint waren und der Letztere zuckte.

»Wir sind erst nach Mitternacht ins Bett gegangen, Barry und ich. Die Kinder gehen normalerweise so gegen neun schlafen, aber sie waren so aufgeregt, dass wir ihnen erlaubten, bis zehn aufzubleiben. Das ließ uns noch ein paar Stunden, um all die Geschenke aufzubauen. Wir waren beide ganz erschöpft, das ist klar, aber Barry war glücklich, so glücklich, wie er es immer zu dieser Zeit des Jahres ist. Er liebt Weihnachten so sehr, dass er bereits am 26. Dezember anfängt, das nächste Weihnachtsfest zu planen, davon bin ich felsenfest überzeugt.«

»Wann sind Sie aufgewacht?«

»Um sieben. Ich hatte den Wecker gestellt, weil ich nicht zu lange schlafen wollte; ich wusste, dass Dodie und Amanda – das sind meine beiden kleinen Töchter – in aller Frühe auf sein und darauf brennen würden, ihre Geschenke auszupacken. Ich war durchaus nicht überrascht, als ich sah, dass mein Mann bereits aufgestanden war. Normalerweise schläft Barry zwar sehr fest, aber das war schließlich der schönste Morgen des ganzen Jahres für ihn...«

»Ihr Schlafzimmer ist oben?«

»Ja. Ich warf einen Morgenrock über und kam hier runter, und wie ich gedacht hatte, waren die Kinder schon unten, schüttelten ihre Päckchen und versuchten zu erraten, was der Weihnachtsmann ihnen gebracht hatte. Das meine ich übrigens wortwörtlich. Dodie ist fünf, und Amanda ist noch nicht ganz sieben, und sie glauben noch an den Weihnachtsmann, oder zumindest gelingt es ihnen sehr gut, so zu tun als ob... Daran hatte Barry so viel gelegen... dass sie *glauben*.« Sie schluckte einen schluchzenden Laut hinunter. »O mein Gott, ich spreche von ihm in der Vergangenheit! Sagen Sie mir, dass ich das nicht muss – bitte!«

»Sie müssen das nicht«, sagte Lev mit überzeugender Festigkeit. »Es gibt für das Verschwinden Ihres Mannes Dutzende von möglichen Erklärungen, Mrs. Methune, und die Chancen, dass er innerhalb der nächsten paar Stunden durch diese Tür hereinspaziert kommt, stehen phantastisch.«

»Ich habe versucht, wenigstens *eine* Erklärung zu finden«, sagte sie. »Nur eine einzige, an die ich mich klammern kann. Aber es will mir einfach keine einfallen!«

»Schön, dann will ich es mal versuchen. Er ist aufgewacht, und plötzlich fiel ihm ein, dass er eins der Geschenke im Büro gelassen hatte. Da dachte er, er könnte sich schnell ins Auto setzen –«

»Nein«, sagte die Frau scharf. »Das hat er nicht getan. Wir haben zwei Autos, seinen Ford und meinen kleinen Mazda. Sie stehen beide in der Garage. Zu Fuß ist er auch nicht ins Büro gegangen, es liegt in der Stadt, in Dayton. Er leitet eine kleine Firma für Ärztebedarf. Er besitzt zwar ein Motorrad, aber das ist auch hier.«

»Er könnte ein Taxi gerufen haben. Das ist doch nicht unmöglich, oder?«

»Mitten in der Nacht? Warum sollte er das tun?«

Lev wusste es auch nicht. Aber er fuhr fort, Vermutungen anzustellen.

»Vielleicht hat ihn jemand abgeholt. Wenn nun ein Auto vorgefahren wäre, ohne dass Sie es gehört hätten, so müde, wie Sie waren, in tiefem Schlaf?«

»Das ist ja noch schlimmer. Von einem Auto abgeholt! Wer saß am Steuer? Wohin sind sie gefahren?« Er wollte gerade antworten, aber sie ließ ihn nicht zu Wort kommen. »Sie denken an eine andere Frau, nicht wahr? Sie denken, dass er sich ausgerechnet Heiligabend ausgesucht hat, um mit einer anderen Frau durchzubrennen! Großer Gott, wie können Sie so was sagen!«

Lev machte sie nicht darauf aufmerksam, dass er es gar nicht gesagt hatte, schon deswegen nicht, weil ihm der Gedanke durch den Kopf gegangen war.

»Na gut«, sagte er. »Hören wir auf, Vermutungen anzustellen, und halten wir uns an die Tatsachen. Seine Sachen zum Beispiel.«

»Die sind alle hier«, sagte Mrs. Methune. »Jedenfalls kommt es mir so vor. Ich führe keine Bestandsliste von Barrys Sachen, und er nicht von meinen. Aber ich weiß, dass er fünf Anzüge hat, die alle noch im Schrank sind. Er besitzt drei Koffer, und die sind auch noch, wo sie immer waren. Würde er durchbrennen, ohne zumindest seine Zahnbürste einzustecken? Die ist auch da.«

Lev räusperte sich, denn er wollte ganz sichergehen, dass sie ihn richtig verstand.

»Ich habe eine Reihe solcher Fälle bearbeitet, Mrs. Methune. Ehemänner, die so was vorhaben, können ganz schön raffiniert sein. Da war ein Typ, der gab alle seine Sachen über einen Zeitraum von mehreren Monaten in die Reinigung und ließ sie sich dann an eine neue Adresse liefern. Ehe seine Frau spitzkriegte, was da ablief, war praktisch sein ganzes Zeug aus dem Haus.«

»Aber ich habe Ihnen doch gerade gesagt...«

»Ja, ja, ich weiß. Seine Sachen sind alle hier. Aber einige Männer sind bereit, sich eine komplett neue Garderobe zuzulegen, wenn sie ein neues Leben beginnen...« Er fühlte sich hundsmiserabel, kaum dass der Satz raus war.

»Vielleicht wollte Barry mich wirklich verlassen«, sagte die Frau, und ihr Blick umflorte sich. »Ich weiß es nicht. Er hat es sich jedenfalls nie anmerken lassen. Aber seine Kinder? Seine geliebten kleinen Mädchen? Und ausgerechnet *Weihnachten*, an dem schönsten Tag ihres Lebens?« Sie schüttelte so heftig den Kopf, dass sie das Gummiband abschüttelte, mit dem sie ihr Haar zurückgehalten hatte. Es kam frei und fiel in einem sanften braunen Durcheinander um ihr Gesicht. Jetzt sah sie noch jünger und hübscher aus, und Lev durchschauerte plötzlich ein Zweifel, der ausgesprochen unheimlich war. Wo *war* Barry Methune? Welches Weihnachtsgespenst hatte ihn von so einer Familie weggezaubert?

Es wurde drei Uhr nachmittags, ehe Lev die Gegend verließ, und ihm fiel plötzlich schwer auf die Seele, dass er noch nicht einmal Elly angerufen hatte, um zu hören, was ihre Wehen machten. Er überschritt auf dem Rückweg die Geschwindigkeitsbegrenzung und vertraute darauf, dass seine Dienstmarke ihn rausreißen würde. Glücklicherweise wurde er nicht angehalten. Noch glücklicher war der Umstand, dass Elly gar nicht zu Hause gewesen war, sondern beim Friseur. Sie entschuldigte sich bei *ihm*. Lev verzieh ihr großmütig.

Als er ihr von dem Fall Methune erzählte, identifizierte sie sich sofort mit dem Opfer, wie sie das immer tat.

»Wenn du jemals so was mit mir machst, Bulle, dann kratze ich dir die Augen aus.«

»Aber wir wissen ja gar nicht, was Methune gemacht hat. Seine Frau weiß es nicht und seine Nachbarn auch nicht.«

»Du hast mit ihnen gesprochen?«

»Ich habe die halbe Straße befragt. Niemand hat Methune das Haus verlassen sehen, niemand hat mitten in der Nacht ein Fahrzeug gehört. Ich hab sogar mit seinen Kindern geredet, zwei kleine Mädchen mit Gesichtern wie die liebe Sonne. Wenn du mir so eins machtest, hätte ich nicht das Geringste dagegen.«

»Du kriegst einen Jungen, hast du das vergessen?«

»Das sagst du schon die ganze Zeit, bloß wann?«

Ellys Antwort klang wehmütig. »Nicht zu Weihnachten, so wie es aussieht ... Sag noch mal, wie war das? Der Mann ist nicht jedes Weihnachtsfest zu Hause?«

»Ja, so hat es mir seine Frau erzählt. Er beschäftigt nur einen einzigen Vertreter in dieser Firma für Ärztebedarf, die er da hat, und wenn Feiertage sind, dann machen sie abwechselnd Dienst. Aber er entschädigt sich für die verpassten Festtage, indem er sich jedes zweite Jahr wahnsinnig ins Zeug legt. Er gibt ein Vermögen für Weihnachtsdekorationen aus, bringt Tage damit zu, alles herzurichten. Er kauft tonnenweise Geschenke und packt jedes Geschenk selbst ein. Er leiht sich nicht einfach nur ein Weihnachtsmannkostüm, er hat sich eins machen lassen. Er schickt Weihnachtskarten an alle Leute, die er nur irgendwie kennt, und auch an ein paar, die er kaum kennt... Es ist der glücklichste Tag seines Lebens, und er ist nicht da, um ihn zu erleben.«

Um sechs klingelte das Telefon. Elly nahm den Hörer in der Küche ab, wo sie gerade einen Lammbraten zubereitete. Sie kam heraus, bedachte ihren Mann mit einem gespielt argwöhnischen Blick und fragte: »Und wer, bitte schön, ist Pola Methune?«

»Heißt sie so mit Vornamen?«, sagte Lev. »Ich hab sie nie danach gefragt.«

Er nahm das Telefon und hoffte zu hören, dass Polas herumschweifender Gatte zurückgekehrt und wieder Weihnachten in das Heim der Methunes eingezogen sei. Aber ihre ersten Worte waren in ein Schluchzen gehüllt, und Lev wusste, dass sein Festessen würde warten müssen.

Auf der Fahrt zurück zum Haus der Methunes grollte er vor sich hin. Er hätte Pola nie seine Privatnummer geben, sondern sie ans Präsidium verweisen sollen, da hätte sich dann Sam Reddy mit dem Problem befassen können. Er fühlte sich als Opfer seiner eigenen Gefühlsduselei. Wenn das dabei herauskam, wenn man »Familienvater« war, dann wusste er nicht so recht, ob er Gefallen daran fand.

Es wurde bereits dunkel, als er die Holly Road erreichte. Er spürte, dass die Lichter, die die Häuser schmückten, auch etwas Wehmütiges an sich hatten. Morgen würden sie erloschen sein, Weihnachten war fast vorüber. Barry Methune würde nun 364 Tage warten müssen, ehe er seiner Weihnachtsfreude Ausdruck verleihen konnte. Aber würde er ihr jemals wieder Ausdruck verleihen?

Pola begrüßte ihn hohläugig und mit gedämpfter Stimme. Dodie und Amanda jedoch setzten dazu einen Kontrapunkt. Kreischend vor Lachen wälzten sie sich auf dem Wohnzimmerteppich in einem Wust von Schachteln und Geschenkpapier. Offensichtlich hatte Pola beschlossen, ihnen ihre Geschenke nicht länger vorzuenthalten, auch wenn ihre eigenen ungeöffnet blieben.

»Ich weiß, was Sie mir erklärt haben«, sagte sie. »Dass es Vorschriften gibt, ab wann jemand als vermisst gilt, dass man warten muss... Aber gibt's denn gar nichts, was Sie tun könnten?«

»Ich habe bereits einiges getan«, sagte Lev. »Ich habe, nachdem ich Sie heute Morgen verlassen hatte, die Leute in der Nachbarschaft befragt. Außerdem habe ich die Unfallberichte überprüft, die Krankenhäuser am Ort, das Leichenschauhaus. Mit negativem Ergebnis, was Sie sicher freuen wird zu hören. Aber haben Sie denn getan, worum ich Sie gebeten habe?«

Wenn möglich, sah sie jetzt noch unglücklicher aus. »Ja«, sagte sie. »Ich habe Barrys Papiere durchgesehen. Ich habe sogar alle seine Taschen durchsucht. Es war mir ganz schrecklich. Es hatte so was... Misstrauisches.«

»Haben Sie irgendetwas gefunden?«

»Nein. Wenigstens nichts, was mir etwas gesagt hätte.«

»Wären Sie bereit, mich auch einmal schauen zu lassen?«

»Von mir aus... Ich habe alles in eine Schachtel getan. Zusammen mit seinem Adressbuch. Abgesehen von einigen geschäftlichen Nummern ist es genauso wie meins.«

»Erlauben Sie mir trotzdem, dass ich es mir ansehe«, sagte Lev. »Und wenn Sie Fotos von Ihrem Mann haben, die auch.«

Sie drehte sich um und ging die Treppe hinauf – mit den schleppenden Schritten einer um zwanzig Jahre älteren Frau.

Während er wartete, beobachtete er die beiden kleinen Mädchen. Sie waren inzwischen mit sich selbst und ihrer eigenen Weihnachtsbeute beschäftigt. Die ältere – Amanda? – schien mit einem Spielzeug nicht zurechtzukommen und fand, dass er ein leidlicher Vaterersatz sei. Sie brachte es ihm und drückte es ihm in die Hand.

»Wie spielt man damit?«, fragte sie. »Kannst du's mir zeigen?«

Lev sah es sich an. Es war eins von diesen elektronischen Spielen, ein Fußballspiel. Es bestand aus einem Bildschirm mit dem Spielfeld darauf und zwei Knöpfen, auf jeder Seite einer. Der eine kontrollierte den Sturm, der andere die Verteidigung. Aber als er auf die Knöpfe drückte, passierte gar nichts.

»Vielleicht sind die Batterien alle«, sagte er.

Erleichtert, dass er es hier mit einem einfacheren Problem zu tun hatte, suchte er zwischen den verstreuten Geschenken herum und fand eine kleine silberfarbene Taschenlampe. Tatsächlich steckten darin Batterien der gleichen Größe, und diese funktionierten. Das kleinere Mädchen – Dodie – hatte nichts dagegen, dass er sich an ihrem Geschenk zu schaffen machte; sie schien sich nicht besonders dafür zu interessieren. Lev fand es selbst auch ein wenig merkwürdig, einem kleinen Mädchen eine Taschenlampe zu schenken. Oder auch ein elektronisches Fußballspiel, wenn man darüber nachdachte.

Dummerweise reagierte das Spielzeug nicht auf seine neue Kraftquelle. Als Pola Methune wieder herunterkam, eine weiße Pappschachtel in der Hand, sah sie Amandas enttäuschtes Gesicht und fragte, was los sei.

»Wissen Sie noch, wo Sie das hier gekauft haben?«

»Ich habe es gar nicht gekauft, sondern Barry. In einem Spielzeugladen in der Nähe seines Büros, in der Broad Street. 900 Broad, im Wyatt Building.«

»Ich werd's schon finden«, sagte Lev. »Ich fahre hin und tausche es um, wenn Sie möchten.«

»Das ist furchtbar nett von Ihnen. Genau das hätte Barry auch getan.«

Neue Tränen drohten, und Lev lag viel daran, seine Untersuchung abzuschließen. Er sah Barry Methunes Papiere durch und musste dessen Frau darin zustimmen, dass sie harmlos waren und keinerlei Aufschlüsse gaben. Außerdem stellte sich heraus, dass Methune kamerascheu sein musste. Es gab nur ein einziges Foto von ihm, und das war vermutlich zu alt, um von Nutzen zu sein. Der Schnappschuss zeigte einen dicklichen jungen Mann, dessen dunkles, lockiges Haar sich an den Schläfen bereits lichtete. Er hatte Fältchen um die Augen, eine breite Nase und ein Lächeln, das aussah, als wäre es eine Dauereinrichtung.

In dieser Nacht lag Lev schlaflos neben seinem Mount Eleanor, wie er Elly nannte, und studierte die Schlafzimmerdecke. Seine Frau wollte wissen, woran er dachte.

»Ich dachte gerade über ihre Geschenke nach«, sagte er.

»Wieso, was hat sie denn gekriegt?«

»Nicht ›ihre‹ Einzahl. ›Ihre‹ Mehrzahl, wie in ›kleine Mädchen‹.«

»Ach, du meinst das Fußballspiel.«

»Und eine Taschenlampe.«

»Ja und?«

»Es kommt mir einfach ein bisschen komisch vor, das ist alles.«

»Inwiefern komisch?« In Ellys Stimme lag ein Anflug von Aggression. »Weil keine Puppen oder Kochherde oder Nähetuis dabei waren?«

»Ach weißt du, das kann durchaus dabei gewesen sein, ich habe ja nicht alle Geschenke gesehen.«

»Aber das Fußballspiel macht dir Kopfzerbrechen, weil es ein *Männer*sport ist, nicht wahr?«

»Es ist heute schon zu spät für feministische Polemik.«

»Ich sag dir nur das eine«, entgegnete Elly, »wenn John Alexander alt genug ist, kaufe ich ihm eine Puppe.«

»Krieg erst mal ein Baby«, sagte Lev und drehte sich auf die Seite.

Eine halbe Stunde später war er noch immer wach und grübelte darüber nach, wo der Mann, der Weihnachten liebte, geblieben sein mochte.

Am nächsten Morgen schrieb er seinen Bericht, und Ab Peterson las ihn mit zusammengekniffenen Augen. »*Cherchez la femme*«, sagte er. »Hast du schon mal daran gedacht?«

»Ich habe daran gedacht«, sagte Lev müde.

Mittags aß er mit Sam Reddy in einem Lokal in Lewisfield und erzählte ihm von dem Fall, mit dem eigentlich *er* sich hätte befassen sollen. Wie Ab Peterson hatte auch Sam eine Theorie.

»Selbstmord«, sagte er kurz und bündig. »Diese munteren Typen verbergen immer irgendetwas. Vielleicht mochte er Weihnachten in Wirklichkeit gar nicht. Vielleicht deprimierte es ihn.«

»Aber wo ist dann die Leiche?«

Sam zuckte mit den Achseln. »Wie wär's mit

dem Reservoir? Von der Holly Road hätte er gut zu Fuß dorthin gehen können, es liegt kaum eine Meile von dort entfernt. Vielleicht trinken die Leute weiter im Süden in diesem Augenblick Wasser mit Methunegeschmack.«

Er gluckste leise in seinen Kaffee, ganz unbeeindruckt von Levs angeekeltem Gesichtsausdruck.

Lev fuhr nicht mit Sam ins Präsidium zurück, sondern ließ sich in Dayton vor McReadys Spielzeuggeschäft absetzen. Er hatte Amandas nicht funktionierendes Spiel bei sich und präsentierte es dem Mann hinter dem Ladentisch.

»Was ist los damit?«

»Abgesehen davon, dass es nicht funktioniert, nichts.«

Das Benehmen des Mannes ähnelte dem eines ruinierten Pfandleihers.

»Haben Sie einen Kassenzettel?«

»Nein«, sagte Lev. »Jemand anders hat es gekauft.«

»Wie soll ich dann wissen, dass es hier gekauft wurde?«

»Ich gebe Ihnen mein Wort«, entgegnete Lev. Zu seiner Ehre sei gesagt, dass er nicht seine Dienstmarke für sich bürgen ließ.

»Ich weiß nicht«, sagte der Mann. »Es kostet schließlich 49,50 Dollar. Ich bin schon öfter reingelegt worden. Wenn Sie's mir beweisen, gebe ich Ihnen ein anderes.«

»Ach, zum Teufel«, sagte Lev und langte nach seiner Brieftasche. Dann besann er sich eines anderen und sagte: »Vielleicht ist mit einer Kreditkarte bezahlt worden. Könnten Sie nicht mal nachsehen? Der Name ist Methune, Barry Methune.«

»Können Sie ihn beschreiben?«

Lev tat sein Bestes. Zu seiner Genugtuung nickte der Ladenbesitzer schließlich.

»O ja, ich glaube, ich kenne den Typ. Ich glaube, er war letzte Woche hier. Ich schaue mal nach.«

Fünf Minuten später kam er zurück – mit einer Rechnung für ein elektronisches Fußballspiel, eine Minitaschenlampe und zwei Captain-Wango-Strahlenpistolen.

»Ich bin sicher, es ist der Typ, der diese Sachen hier gekauft hat. Das Ganze hat nur einen Haken. Er heißt nicht so, wie Sie gesagt haben. Sein Name ist Munsey, Benjamin Munsey, Seh'n Sie selbst.«

Er reichte Lev das Rechnungsformular, und trotz der blassen Durchschrift waren Name und Unterschrift deutlich genug. Munsey, Benjamin Munsey. Lev schüttelte den Kopf. »Das ist er nicht«, sagte er. »Irrtum.« Aber trotzdem sei er davon überzeugt, dass das defekte Spiel hier gekauft worden sei. Er wolle Ersatz, und er verliere langsam die Geduld. Er habe Wichtigeres zu tun, sagte er. »Und wenn Sie's genau wissen wollen, ich bin Polizist.« Er seufzte, als er das sagte – es verstieß gegen ein Prinzip. Aber es wirkte. Der Ladenbesitzer zuckte mit den Achseln und gab ihm ein funktionierendes Exemplar des elektronischen Fußballspiels.

»Und ich sage immer noch, dass es der Bursche ist«, grunzte er. »Um Weihnachten rum kommt er drei-, viermal hierher, und probiert alles Mögliche aus. Der Typ ist ein richtiger Weihnachtsfreak.«

Levs Hand erstarrte auf der Türklinke.

»Könnte ich die Rechnung noch mal sehen?«

Die Unterschrift war eindeutig, *Benjamin Munsey*. Die Adresse war 18 Skyblue Lane, Sycamore Village, eine Vorstadtenklave ungefähr dreißig Meilen nördlich von Dayton.

»Danke«, sagte er.

Er stand auf dem Bürgersteig und dachte über diese sicher zufällige Übereinstimmung nach. Zwei Männer sahen gleich aus und liebten Weihnachten. Warum schließlich nicht? Zwei Männer sahen gleich aus, liebten Weihnachten und kauften fast die gleichen Spielsachen. Durchaus möglich.

Zwei Männer sahen gleich aus, liebten Weihnachten, kauften die gleichen Spielsachen und hatten dieselben Initialen.

Er fand eine Telefonzelle und rief Pola Methune an.

»Haben die Kinder *was* gekriegt?«, sagte sie.

»Strahlenpistolen«, sagte Lev. »Captain-Wango-Strahlenpistolen, was immer das ist.«

»Umbringen könnte ich diesen Captain Wango!«, sagte Pola grimmig. »Dieses summende Geräusch macht mich wahnsinnig. Wenn Sie mich fragen, man sollte überhaupt keine Pistolen für Kinder herstellen!«

Lev war schon im Begriff, die Zelle zu verlassen, aber dann besann er sich anders. Er fragte die Auskunft nach einer Nummer in Sycamore Village und wählte sie. Es antwortete eine niedergeschlagene Frauenstimme, die ängstlich wurde, als er erklärte, wer er sei.

»Nein, es ist alles in Ordnung«, sagte er schnell. »Ich würde Ihnen nur gern ein paar Fragen stellen. Reine Routineangelegenheit«, und fragte sich dabei, wie oft in einer Woche er diesen Ausdruck benutzte.

Er ließ ihr keine Zeit zu protestieren, sondern hängte auf und führte schnell hintereinander noch drei Gespräche: eins mit dem Präsidium, eins mit zu Hause und eins mit der Taxizentrale von Dayton.

Eine dreiviertel Stunde später gelang es dem Taxifahrer, die Skyblue Lane zu finden, eine unbefestigte Straße, die versuchte, sich vor dem wild wachsenden Verkehr der Gegend zu verstecken. Nummer 18 war das dritte Haus auf der linken Seite, zwei Stockwerke aus Backstein und Putz, doppelt so alt und so groß wie das Haus der Methunes in Lewisfield.

Aber eine Ähnlichkeit war zumindest vorhanden. Weihnachtliche Lichterketten zeichneten die Konturen des Hauses nach, liefen von seinem breiten Schornstein über das schräg abfallende Dach an allen vier Ecken hinab und säumten sämtliche Türen und Fenster. Nachts würde das Haus wie eine in bunten Lämpchen ausgeführte Skizze aussehen. Auf dem Rasen stand zwar kein Plastikschlitten, dafür aber ein überdimensionaler Weihnachtsmann, der den Vorübergehenden zuwinkte.

Lev stellte noch einen weiteren Vergleich an, als Mrs. Benjamin Munsey die Tür öffnete. Sie war größer und kräftiger als Pola Methune, aber trotzdem glaubte er, um die Augen herum eine gewisse Ähnlichkeit zu entdecken. Später wurde ihm klar, dass es eher eine Frage der Wirkung als der Physiognomie war. Beide Frauen hatten Tränen vergossen, und das in reichlichem Maße.

»Es ist wegen meines Mannes, nicht wahr?«, sagte sie, noch ehe er im Haus war. »Ihm ist etwas zugestoßen! Sie wollten es mir am Telefon bloß nicht sagen!«

»Nein«, sagte Lev. »Das ist nicht der Grund, weshalb ich hier bin, bestimmt nicht.«

»Ich habe schon daran gedacht, die Polizei anzurufen«, sagte sie. »Aber dann denke ich wieder, dass er bestimmt jeden Augenblick durch die Tür kommt oder dass das Telefon klingelt und er mir sagt, dass er irgendwo stecken geblieben ist. In Illinois tobt gerade ein Schneesturm, wissen Sie, und er hat Kunden in Chicago…«

»Mrs. Munsey, wollen Sie damit sagen, Ihr Mann sei verschwunden?« Mit Mühe verschluckte er das Wörtchen »auch«.

»Er versprach, einen Tag vor Weihnachten zurück zu sein, aber er ist nicht aufgekreuzt! Ich habe in seinem Büro angerufen, aber der Mann, der für ihn arbeitet, war nicht anwesend, war auf Tour, wie seine Sekretärin sagte. Und sie war nur zur Aushilfe da und hatte nicht die geringste Ahnung.«

Dann war es also kein Verschwinden, dachte Lev, sondern ein Nichterscheinen.

»Vielleicht hätten Sie wirklich die Polizei anrufen sollen. Ihr Mann könnte doch zum Beispiel einen Unfall gehabt haben.«

»Ich wollte mir das einfach nicht vorstellen!«, sagte sie und presste die Hand auf den Mund.

»Nicht Heiligabend. Das wäre einfach zu furchtbar. Ben liebte Weihnachten so sehr!«

»Darf ich bitte hineinkommen?«, fragte er ernst.

Sie führte ihn ins Haus, und sein Blick wurde von den weihnachtlichen Attributen allüberall magisch angezogen. In der Diele ein übergroßer Kranz, Stechpalmen- und Mistelzweige an allen Wänden, ein Arrangement weißer Zweige vor dem prunkvollen Kamin und in dem hohen Wohnzimmer ein Weihnachtsbaum von mindestens vier Metern. Auch hier ein Durcheinander ausgepackter Geschenke, obwohl das Einwickelpapier bereits fortgeräumt worden war.

Am Fuß des Baumes befand sich jedoch ein Trümmerfeld anderer Art, und Lev musste zweimal hinsehen, um sich zu vergewissern, dass ihn seine Augen nicht getäuscht hatten. Es schien der Schauplatz eines Massakers im Spielzeugland zu sein. Da lagen ausgerissene Arme und Beine, ein Puppenkopf mit rausgepulten Augen, ein anderer, dessen Augen zwar noch heil waren, der aber noch grotesker aussah, da er seinen eigenen zerfetzten und verstümmelten Torso anstarrte. Die Frau musste Levs Gesichtsausdruck gesehen haben, denn sie sagte:

»Das war Michael.« Ihre Stimme klang traurig. »Seit zwei Tagen ist er außer Rand und Band; ich bin sicher, es hängt damit zusammen, dass sein Vater nicht da ist.«

»Ist Michael Ihr Sohn?«

»Ja. Er ist erst sechs, aber er kann sehr jähzornig werden. Weiß der Himmel, woher er das hat. Von mir bestimmt nicht, oder von Ben, obwohl mein Vater mit Gegenständen geschmissen hat, wenn er wütend war.«

»Wollen Sie damit sagen, dass Ihr kleiner Sohn – das hier angerichtet hat?« Er deutete mit dem Kopf auf das Massaker.

»Ja. Es war wohl so was wie der letzte Tropfen, der das Fass zum Überlaufen bringt. Kein Weihnachtsmann, sein Daddy nicht da und dann noch diese Geschenke. Ich bin sicher, es handelt sich dabei um ein Versehen. Wahrscheinlich hat Ben die Geschenke telefonisch bestellt, und das Geschäft hat bei der Lieferung etwas durcheinandergebracht. Ich meine, Zwillingspuppen – und dann noch Mädchen! Michael ist völlig ausgerastet, als er sie sah. Es ist ja wirklich erstaunlich. Es muss das Fernsehen sein, durch das Kinder diese Machohaltung lernen.«

»Was hatte er denn zu Weihnachten wirklich haben wollen?«, fragte Lev vorsichtig. »Vielleicht ein Fußballspiel? Strahlenpistolen?«

»Ich weiß es nicht«, sagte die Frau. »Er war so

schlechter Laune nach dem Streit mit seinem Vater. Er hatte nämlich verkündet, es gäbe gar keinen Weihnachtsmann... Ich habe Ben gesagt, er solle es nicht so schwernehmen. Früher oder später finden die Kinder doch die Wahrheit heraus. Sie erfahren sie auf der Straße, meinen Sie nicht auch?«

»Ja, wahrscheinlich.«

»Voriges Jahr noch hatte Michael für den Weihnachtsmann Milch und Kekse hingestellt. Dieses Jahr weigerte er sich. Ich meine, er versuchte nicht einmal, uns zuliebe so zu tun als ob, wie andere Kinder es manchmal machen. Ben hat sich so darüber aufgeregt, dass er in der Nacht nicht schlafen konnte. Wie ich schon gesagt habe, er liebt Weihnachten über alles.«

»Mrs. Munsey«, sagte Lev, »hätten Sie wohl zufällig ein Bild von Ihrem Mann?«

»Komisch, dass Sie mich das fragen«, sagte sie. »Das ist etwas, was ich Jahr für Jahr auf meinen Weihnachtswunschzettel setze und nie kriege. Einen Fotoapparat, meine ich. Es gibt von uns einfach keine Familienfotos. Ben hasst es, fotografiert zu werden...«

»Dann können Sie ihn mir vielleicht beschreiben?«

Mrs. Munsey beschrieb ihn.

Zehn Minuten später, als Lev wieder an der

Haustür stand, fiel es der Frau ein, nach dem Zweck seines Besuches zu fragen.

»Reine Routineangelegenheit«, sagte Lev.

Er versprach, wieder von sich hören zu lassen, und bat sie, ihn entweder im Präsidium oder zu Hause anzurufen, sobald ihr abtrünniger Gatte sich meldete.

Er rechnete nicht mit ihrem Anruf.

Lev hätte jetzt zum Präsidium zurückfahren können, um seinen Bericht zu schreiben. Ab Peterson, der Klatsch liebte, hätte seine Freude daran gehabt. Und Sam Reddy wäre enttäuscht gewesen, dass ihm so ein pikanter Fall entgangen war. Beide Reaktionen hätten ihm vielleicht Befriedigung verschafft, aber Lev musste zuerst mit Elly reden.

Zu Hause traf er sie am Küchentelefon an und hörte sie sagen: »Oh, ungefähr alle fünfzehn bis zwanzig Minuten.«

»Was alle fünfzehn Minuten?«, fragte er besorgt.

»Ich erkläre gerade Fawn Cohen, wie man einen Puterbraten mit Fett begießen muss.«

»Ach so.«

Dann erzählte er ihr von seinem Tag. Ihre Augen und ihr Mund bildeten drei perfekte o, als sie begriff, worauf er hinauswollte.

»Bist du dir absolut sicher, Lev?«

»Die Beschreibung seines Aussehens passt, die

Charakterbeschreibung passt, selbst die Berufsbeschreibung passt. Barry Methune besitzt eine kleine Firma für Ärztebedarf in Dayton. Ben Munsey besitzt eine völlig andere Firma für Ärztebedarf, ebenfalls in Dayton. Beide beliefern denselben Kundenkreis mit unterschiedlichen Produkten.«

»Du meinst, er habe sein Leben einfach ... in zwei Teile gespalten?«

»Das musste er schon, wenn er zwei Haushalte unterhalten wollte. Über Weihnachten arbeitet er nie, sondern überlässt es jemand anderem, sich um die Kunden zu kümmern. Die Weihnachtsvorbereitungen trifft er immer in beiden Häusern, aber den Weihnachtstag selbst verbringt er mal in der Holly Road und mal in der Skyblue Lane. Dieser Mann liebt Weihnachten so sehr, dass er jedes Jahr zwei davon haben muss.«

»Aber was ist dieses Jahr passiert? Wieso ist er verschwunden?«

»Er war offensichtlich am Ende seiner Kraft. Er wurde zerstreut. Er verwechselte seine Adressen, seine Kinder, die Weihnachtsgeschenke. Sein Sohn bekam die Geschenke, die den Mädchen zugedacht waren, die Mädchen die Geschenke für den Jungen. Er hatte die Situation einfach nicht mehr im Griff.«

»Und deshalb ist er von seinen *beiden* Leben weggelaufen.«

»Und wir haben jetzt einen noch triftigeren Grund, nach dem Burschen zu suchen. Er hat ein Verbrechen begangen. Bigamie.«

»Lev Walters«, sagte Elly, »du bist ein guter Detektiv.«

»Danke«, erwiderte er selbstgefällig.

»Trotzdem hast du nicht entdeckt, dass ich gelogen habe. Fawn Cohen hat in ihrem ganzen Leben noch keinen Puter gebraten. Ich habe vorhin mit Dr. Ramirez telefoniert.«

An die nächste halbe Stunde konnte sich Lev später nicht mehr erinnern. Aber irgendwie hatte er es geschafft, Ellys Sachen zusammenzuraffen, Elly ins Auto zu packen und sie gerade noch rechtzeitig im Krankenhaus abzuliefern – eine Stunde bevor er der Vater von John Alexander Walters wurde.

Sie sah verschwitzt, aber wunderschön aus, als er sie wieder zu Gesicht bekam, so als habe sie den Marathonlauf gewonnen.

»Ich bin bloß froh«, sagte er, »dass Alex nicht Silvester zur Welt gekommen ist. Er wäre mit dem Gefühl aufgewachsen, dass alle Partys nur für ihn veranstaltet würden.«

»Hast du ihn schon gesehen?«

»Ja«, sagte Lev. »Er ist hinreißend.«

»Lügner. Er sieht aus wie ein hundertjähriger

Pueblo-Indianer. Ich hab schon überlegt, ob ich mich nicht beim Storch beschweren sollte.«

Als Lev nicht antwortete, sondern vor sich hinstarrte, zog sie an seinem Handgelenk. »He, du, hast du gehört, was ich gesagt habe?«

»Ja, sicher.«

»Du warst völlig weggetreten. Worüber hast du eben nachgedacht?«

»Den Storch«, sagte Lev. »Über die Art und Weise, wie der Storch die Kinder bringt. Und jetzt denke ich an etwas anderes.«

Es war schon spät am Tag, als er wieder vor dem Haus der Methunes stand. Er fürchtete diesen Besuch noch mehr als den letzten, als er gezwungen gewesen war, Mrs. Methune die schlimme Nachricht vom Doppelleben ihres Mannes beizubringen. Methunes Teilzeitehefrau hatte auf seine Eröffnung äußerst unfreundlich reagiert, wie auch Mrs. Munsey. Er rechnete nicht mit einem herzlichen Willkommen.

»Haben Sie ihn schon gefunden?«, fragte Pola Methune eisig.

»Nein«, entgegnete Lev. »Wir haben Ihren Mann nicht gefunden, Mrs. Methune. Aber ich habe da so eine Idee, wo er sein könnte.«

»Ich bin ganz Ohr. Lassen Sie mir nur Zeit, ein Gewehr zu holen!«

»Erinnern Sie sich noch, was Sie mir über sein Verschwinden erzählt haben? Dass er mitten in der Nacht einfach weg zu sein schien?«

»Wahrscheinlich hat er da seiner anderen Frau einen Besuch abgestattet.«

»Nein«, sagte Lev. »Er war völlig verwirrt. Er wusste nicht mehr, mit *welcher* Ehefrau er eigentlich zusammen sein wollte, welche Geschenke er welchen Kindern geben wollte. Und dann könnte er noch etwas anderes durcheinandergebracht haben. Nämlich wo er vorhatte, den Weihnachtsmann zu spielen, so überzeugend zu spielen, dass ein zynisches sechsjähriges Kind wieder an ihn glaubte…«

»Keins meiner Kinder ist sechs Jahre alt.«

»Nein«, sagte Lev nüchtern, »aber Michael Munsey. Und es könnte sein, dass Ihr Mann beschloss, ihm eine überzeugende Vorstellung zu geben. Nur dass er diese Vorstellung im *falschen Haus* geben wollte.«

Er ging zum Kamin und zog den Ofenschirm und die Feuerböcke zur Seite. Dann duckte er sich und trat in die Feuerstelle. Er hoffte, dass er sich irrte, aber die Hoffnung erfüllte sich nicht. Als er hinaufgriff, in die Höhlung eines allzu engen Schornsteins, fühlte er die Sohlen zweier Gummistiefel.

Dick Francis
Ein strahlend weißer Stern

Der Landstreicher war bis auf die Knochen durchgefroren. Luft- und Bodentemperatur lagen um den Gefrierpunkt, und eine schwere Decke gelblicher Schneewolken hing wie eine Drohung über dem Nachmittag. Schwarze Äste kahler Bäume knarrten im Wind, und die gepflügten Felder lagen nackt, dunkel und wartend da.

Der frierende Landstreicher, der die schmale Straße hinunterschlurfte, hatte Hunger und war von einem starken, diffusen Groll erfüllt. In diesem Stadium des Winters hatte er sich normalerweise sein Nest eingerichtet, in irgendeiner Kuhle im Boden, im Windschatten eines bewaldeten Hügels, unter einem üppigen Dach aus dem Geflecht starker Äste und dicken braunen Pappkartons. Er lag dann auf einem warmen, behaglichen Bett aus trockenen, toten Blättern, Styropor und Säcken, und das Holzfeuer in der Nähe seiner Türschwelle brannte den ganzen Tag, so dass die Asche die ganze Nacht hindurch rot glühte. Er brachte die

Zeit des Frosts und des Schnees und der Regenstürme jeweils in einem behaglichen Heim hinter sich, das er, wenn er im Frühling weiterzog, wieder zertrampelte.

Dagegen gefiel es ihm überhaupt nicht, wenn jemand anderes sein Nest zertrat, wie diese Leute es heute Morgen getan hatten. Drei Leute ... der Mann, dem das Land gehörte, auf dem er sich niedergelassen hatte, und zwei Leute von der Gemeinde, ein Mann in mittleren Jahren und mit harten Augen und eine steife, herrische Frau mit einem Klemmblock. Ihre lauten Stimmen, ihre dummen Bemerkungen hallten in seinen Gedanken wider und schürten seinen Zorn.

»Ich habe ihm letzte Woche jeden Tag gesagt, dass ich ihn nicht länger auf meinem Land dulden werde...«

»Diese Hütte stellt eine dauerhafte Unterkunft dar und erfordert als solche eine Baugenehmigung...«

»In der Stadt gibt es eine Herberge mit einem Schlafsaal, in dem Obdachlose für eine Nacht unterkommen können...«

Der Mann von der Gemeinde hatte begonnen, sein Zweig- und Pappkartondach in Stücke zu reißen, und die anderen hatten ihm geholfen. Er sah ihnen an, dass sein Geruch sie abstieß, und an der

Art, wie sie mit spitzen Fingern zu Werke gingen, merkte er, dass sie nicht gern berührten, was er berührt hatte. Da hatte der langsam brennende Zorn sich in seine Gedanken eingenistet, aber ihm war der Kontakt mit anderen Menschen zuwider, weshalb er niemals sprach, wenn es sich vermeiden ließ. So hatte er sich lediglich abgewandt und war davongegangen, formlos, in seinen zusammengeschnürten Kleidern, schlurfend in seinen zu großen Stiefeln, bärtig und grollend und stinkend.

Dann war er zehn Kilometer weit gegangen, ganz langsam.

Er brauchte etwas zu essen und ein Dach über dem Kopf, wo er vor dem nächsten Schneefall sicher war. Er brauchte ein Nest und Feuer. Seine Wut auf die Menschheit bohrte sich mit jedem bleiernen Schritt tiefer in sein Herz.

Am selben Nachmittag stand in London der Direktor des Sicherheitsdienstes der Rennbahn am Fenster seines Büros im Jockey Club und betrachtete griesgrämig den Verkehr auf dem Portman Square. Hinter ihm in dem behaglichen, hell erleuchteten Raum saß Mr. Melbourne Smith und lag ihm in den Ohren, wie er es jeden einzelnen Tag der vergangenen zwei Wochen entweder persönlich oder telefonisch getan hatte. Es ging um die laxen

Sicherheitsvorkehrungen bei der Jährlingsauktion im November, bei der jemand ihm seinen gerade erst gekauften und extrem teuren Hengst gestohlen hatte.

Melbourne Smith ließ so viel Geld in die britische Vollblutindustrie fließen, dass man seine Klagen nicht ignorieren konnte, auch wenn das Ganze streng genommen eine Angelegenheit der Polizei und der Auktionatoren war und nicht des Jockey Club. Melbourne Smith, fünfzig, energisch, ein Mann, der gern die Fäden in der Hand hielt, war ebenso erzürnt über die Tatsache, dass jemand es wagte, *ihn* zu bestehlen, wie über den Diebstahl selbst.

»Sie sind einfach mit ihm rausspaziert«, sagte er zum fünfzigsten Mal gekränkt. »Und Sie haben verdammt wenig getan, um ihn zurückzubekommen.«

Der Direktor seufzte. Melbourne Smith war ihm zutiefst unsympathisch, aber er wusste dies geschickt hinter einer rauhen Herzlichkeit zu verbergen. Der Direktor mit seinem scharfen, erfinderischen Verstand hinter dem schnurrbärtigen, tweedverpackten Äußeren fragte sich, was er, abgesehen von einem Gebet um ein Wunder, wohl sonst noch tun konnte, um den verschwundenen Hengst aufzuspüren.

Erstens war die Spur erkaltet, da Melbourne Smith seinen Verlust erst gut einen Monat nach der Auktion bemerkt hatte. Er hatte wie gewöhnlich ungefähr zehn der hochbeinigen jungen Tiere gekauft, die im folgenden Sommer als Zweijährige an den Start gehen würden. Er hatte wie gewöhnlich veranlasst, dass sie zu dem Trainer gebracht wurden, der sie zureiten, trainieren, satteln, reiten und daran gewöhnen würde, in die Startboxen hineinzugehen. Und wie gewöhnlich war er nach einer entsprechenden Zeit hergekommen, um festzustellen, wie seine Einkäufe sich machten.

Zuerst hatte ihn sein angeblich erstklassiger Junghengst verwirrt. Erst verwirrt, dann argwöhnisch gemacht und dann fuchsteufelswild. Er hatte ein Vermögen für einen gutgewachsenen, aristokratischen Jährling ausgegeben und hatte stattdessen eine spindeldürre Niete mit einem schwachen Hals im Stall stehen. Seine Neuerwerbung und dieser Wechselbalg hatten nur zwei Dinge gemeinsam: die Körperfarbe, ein dunkles Braun, und den großen weißen Stern auf der Stirn.

»Es ist ein Skandal«, sagte Melbourne Smith. »Ich werde nächstes Jahr mein Geld in Frankreich ausgeben.«

Der Direktor überlegte, dass Diebstähle auf Rennbahnen äußerst selten waren und dass Sicherheit bei Auktionen eher von Papieren abhing als von Riegeln und Gitterstäben: Und normalerweise war der Papierkram Sicherheit genug.

Jedes Vollblutfohlen musste kurz nach der Geburt eingetragen werden, und das Zertifikat »Eintragungsbescheinigung« gab nicht nur Auskunft über Abstammung und Geburtsdatum, sondern auch über Hauptfarbe und Merkmale und darüber, wo genau am Körper die Haare des Fells Wirbel bildeten. Die Merkmale und Wirbel mussten sorgfältig auf vorschriftsmäßigen Diagrammen von Seiten-, Front- und Hinteransicht der Pferde eingezeichnet werden.

Später, wenn das Fohlen aufgezogen und fürs Rennen bereit war, musste ein Tierarzt eine zweite Karte mit seinen Merkmalen anfertigen und sie ins Registrationsbüro schicken. Wenn das Fohlenzertifikat und das spätere Zertifikat übereinstimmten, war alles in Ordnung. Wenn nicht, wurde das Pferd gesperrt.

Das Fohlenzertifikat des Jährlings, den Melbourne Smith gekauft hatte, passte eindeutig nicht zu dem Wechselbalg, den man ihm untergeschoben hatte. Die Farbe und der weiße Stern stimmten, aber die Wirbel saßen an vollkommen anderen Stellen.

Der Direktor hatte seinen Assistenten vor die

Mammutaufgabe gestellt, den Wechselbalg mit zwanzigtausend Fohlenzertifikaten in der diesjährigen Registratur zu vergleichen, aber bisher hatten sie keine übereinstimmenden Papiere gefunden. Der Direktor, der den Hengst mittlerweile gesehen hatte, glaubte, dass es sich bei dem Wechselbalg höchstwahrscheinlich um ein Halbblut-Jagdpferd handelte, das von Anfang an keine Qualifikation für einen Eintrag im Zuchtbuch gehabt hatte und von dem sie nirgendwo offizielle Unterlagen finden würden.

»Diese Torkontrolle ist ja zum Lachen«, murrte Melbourne Smith.

Die Männer an den Toren der Versteigerungsringe hatten, das musste sich der Direktor eingestehen, lediglich den Auftrag, zu kontrollieren, dass es für jedes Pferd ein Ausgangszeugnis der Auktionatoren gab und dass die Ziffer, die am Rumpf des Pferdes klebte, mit der auf dem Zeugnis übereinstimmte. Sie hatten nicht den Auftrag, zu überprüfen, ob irgendjemand heimlich die Ziffern der Pferde vertauscht hatte. Sie traf keine Schuld daran, dass die Nummer eins-acht-neun, die in Begleitung von Zeugnis eins-acht-neun herausgebracht wurde, eine Niete mit schmächtigem Hals gewesen war und nicht Melbourne Smiths teurer Aristokrat. Es hatte keinen Sinn, sie zu fragen (der Direktor hatte es trotzdem getan), unter welcher Nummer genau der teure Aristokrat denn tatsächlich seinen Abgang gemacht hatte. Das konnten sie unmöglich wissen, und sie wussten es auch tatsächlich nicht.

Der Direktor hatte zum Teil herausgefunden, wie der Austausch vonstatten gegangen war, und sich den Rest dazugedacht.

Bei der Auktion wurden die zum Verkauf stehenden Pferde in Stallblocks untergebracht. Pferd Nummer eins im Katalog wurde Box Nummer eins zugeteilt, und es hatte die Nummer eins an der Hüfte kleben. Nummer eins-acht-neun wäre in Box eins-acht-neun zu finden gewesen und hätte die eins-acht-neun an der Hüfte haben müssen. Entlang der Boxen herrschte ein ständiges Kommen und Gehen von Interessenten, die taxierten und betasteten und beschlossen, ob sie mitbieten würden oder nicht. Wenn ein Pferd verkauft wurde, brachten seine früheren Besitzer es in seine Box zurück, und von dort holten die neuen Besitzer es dann ab. Auf diese Weise kam es ziemlich häufig vor, dass Käufer und Verkäufer einander nie begegneten.

Der Junge, der mit Nummer eins-acht-neun gekommen war, hatte es vom Verkaufsring zurück in seine Box geführt und dort gelassen. Melbourne Smiths Stallbursche hatte das Pferd aus Box eins-acht-neun abgeholt und es zum Trainer geschickt, und es war der Wechselbalg gewesen.

Der Austausch konnte in dem dort herrschenden Gedränge unbemerkt vorgenommen werden (was ja auch der Fall gewesen war).

Der Direktor vermutete, dass die Diebe ihren Wechselbalg für die Auktion eingetragen hatten, und zwar mit einem so lächerlich hohen Reservepreis, dass es niemand kaufen würde. Wahrscheinlich war der Wechselbalg eins von den unverkauften Tieren zwischen den Auktionsnummern 1 und 188 gewesen, aber die Auktionatoren hatten den Direktor nur verständnislos angesehen, als er sie gefragt hatte, ob sie sich noch an eines der vielen Tiere erinnerten. Sie verkauften jede Woche Hunderte von Pferden. Sie stellten keine Fragen, sagten sie, woher die Ware kam oder wohin sie ging; sie führten zwar Buch über Pferde, die keine Käufer gefunden hatten, gingen aber grundsätzlich davon aus, dass ihre Besitzer sie wieder mit nach Hause nahmen.

»Und diese öffentliche Kampagne, die Sie da gestartet haben«, höhnte Melbourne Smith, »lauter heiße Luft und keine Ergebnisse.«

Der Direktor wandte sich müde vom Fenster ab und blickte auf die Zeitung, die aufgeschlagen auf seinem Schreibtisch lag. In einer Woche ohne besondere Schlagzeilen war den Redakteuren die Geschichte willkommen gewesen, die er ihnen mit großer Überzeugungskraft vorgekaut hatte. Kein Leser konnte die Wo-ist-er?-Bilder von dem verschwundenen Wertstück übersehen. Die Regenbogenpresse hatte ein Rührstück daraus gemacht. Die »ernstzunehmenden« Tageszeitungen hatten das Fohlenzertifikat selbst veröffentlicht. In den Fernsehnachrichten war beides gebracht worden. Aber auch zwei Tage flächendeckender, landesweiter Publicity hatten keine Ergebnisse gebracht. Seine »allzeit erreichbare Telefonnummer« blieb ungenutzt.

»Bringen Sie ihn mir zurück«, sagte Melbourne Smith wütend, bevor er endgültig ging. »Oder ich schicke all meine Pferde nach Frankreich.«

Der Direktor dachte an seine Frau und seine Kinder, die an diesem Abend eine Party vorbereiteten und ihn bei seiner Rückkehr mit aufgeregten Gesichtern und lächelnden Augen begrüßen würden. Ich werde zwei Tage lang nicht an diesen verdammten Jährling denken, dachte er. Doch bis dahin gab er klein bei und betete mit Inbrunst um ein Wunder.

»Was ich brauche«, sagte er laut zu seinem friedlichen, leeren Büro, »ist ein weißer Stern. Ein leuchtend weißer Stern, geostationär am Himmel, der bei einem Stall aufscheint und sagt: ›Hier bin ich. Komm her zu mir. Komm her und finde mich.‹«

Gott vergebe mir meine Lästerung, dachte er; und ging um vier Uhr nach Hause.

Draußen auf dem Land breiteten an diesem Nachmittag Jim und Vivi Turner vier Zeitungen auf dem Küchentisch aus und vertieften sich, mit einem Becher Tee ausgerüstet, in die Lektüre.

»Sie werden ihn doch nicht finden, oder?«, fragte Jim.

Vivi schüttelte den Kopf. »Einen Braunen mit einem weißen Stern... was Alltäglicheres gibt's doch gar nicht.«

Ihre Gedanken wanderten zu dem aristokratischen Jährling, der draußen gut eingedeckt in ihrem baufälligen Zwanzig-Boxen-Stall stand. Es war fünf Wochen oder länger her, seit sie ihn gestohlen hatten, und die Zeit hatte ihnen ein gewisses Gefühl der Sicherheit gegeben.

»Und außerdem«, sagte Vivi, »sind diese Zeitungen zwei Tage alt, und nichts ist passiert.«

Jim Turner nickte beruhigt. Er hätte das niemals ohne Vivi durchziehen können, das wusste er. Sie war diejenige, die gesagt hatte, wenn sie ihn als Trainer auf die Beine bringen wollten, bräuchten sie dringender als irgendetwas anderes ein wirklich gutes Pferd. Die Art Pferd, die – sehen wir den Tatsachen ins Auge (sagte sie) – niemand einem frisch abgedankten Hindernisjockey anvertrauen würde, der nie mehr als Mittelmaß erreicht hatte und zweimal gesperrt worden war, weil er sich hatte bestechen lassen.

Da Jim Turner sich jederzeit von jedem bestechen lassen würde, war er mit zwei Sperren noch glimpflich davongekommen. Persönlich hätte er gar nichts dagegen gehabt, sich mit einem Job als Futtermeister in einem großen Stall zufriedenzugeben, wo die Gelegenheiten, Bestechungsgelder zu kassieren, wie pflückreife Beeren wuchsen; aber Vivi wollte die Frau eines Trainers sein, nicht die eines Futtermeisters, und, das musste man ihr lassen, das Mädchen hatte Grips.

Es war Vivi mit ihren scharfen Augen, die eine Möglichkeit gesehen hatte, wie man bei der Auktion einen hochkarätigen Jährling stehlen konnte. Es war Vivi, eine richtige kleine Lady Macbeth, die Jim weitergetrieben hatte, wenn dieser zauderte, Vivi, die persönlich den Austausch in Box einsacht-neun vorgenommen hatte. Sie hatte den Aristokraten genommen, und Jim hatte den Wechselbalg dagelassen.

Vivi hatte beschlossen, irgendeinen nicht eingetragenen Ausschuss von Halbblut als ihr Entree zu der Auktion zu benutzen, und hatte für einen Apfel und ein Ei einen beim Abdecker gekauft; einen Braunen mit einem weißen Stern, so alltäglich wie nur was. Bei der Auktion musste es einfach einen wie ihn geben, hatte sie gesagt. Sie würden ihn gegen irgendetwas Großes eintauschen, das nach ihm im Katalog auftauchte; und tatsächlich, die Nummer eins-acht-neun war perfekt gewesen.

Vivi, eine vorausschauende Natur, wollte Jim im Frühjahr mit all ihren Ersparnissen nach Norden schicken, um ein billiges zweijähriges Vollblut zu kaufen, einen Braunen mit einem weißen Stern, der zumindest passabel aussah. Dann sollte Jim vom Tierarzt das neue Merkmalzertifikat des Pferdes ausfüllen lassen, das genau mit seinem Fohlenzertifikat im Register übereinstimmen würde; und Jim Turner, Renntrainer, würde in seinem Stall einen Braunen mit einem weißen Stern haben, überprüft, registriert und für Rennen zugelassen.

Jim und Vivi wussten genau wie der Direktor, dass junge Pferde sich veränderten, wenn sie älter wurden, so wie Kinder zu Männern wurden; schon bald würde kaum noch eine Chance bestehen, dass irgendjemand den Aristokraten an äußerlichen Merkmalen erkannte. Er konnte mit seiner neuen Identität bis in alle Ewigkeit Rennen bestreiten, und niemand würde ihn je erkennen.

Vivi konnte sich nicht vorstellen, was jetzt noch schiefgehen sollte, und rechnete keine Sekunde lang mit der Zähigkeit des Direktors, der bereits über lästige, gelegentliche Überprüfungen der Haarwirbel bei Braunen mit weißem Stern für die nächsten Jahre nachdachte.

»Im Sommer«, sagte Vivi, »werden wir den Stall ein bisschen aufpeppen. Ein bisschen Farbe. Blumenkübel. Im Herbst, wenn der Hengst die ersten Siege nach Hause bringt und die Leute aufmerksam werden, haben wir dann einen Stall, den die neuen Besitzer ohne weiteres annehmbar finden.«

Jim nickte. Vivi konnte es schaffen. Sie war wirklich klug, Vivi.

»Und dann bist du mittendrin, Jim Turner, und keine von diesen hochnäsigen Kühen von Trainerfrauen wird jemals wieder die Nase über uns rümpfen.«

Direkt vor der Hintertür erklang ein jähes, metallisches Klappern, und sie beide standen, sofort und zutiefst erschreckt, ruckartig auf und gingen nachsehen.

Draußen war eine schlurfende, unordentliche Gestalt, ein Mann, der seine Hände im Mülleimer hatte und ihren Haushaltsmüll durchwühlte. Er war bereits hochgeschreckt, um sich hastig zurückzuziehen.

»Es ist ein Landstreicher!«, rief Vivi ungläubig. »Der will unseren Abfall stehlen.«

»Verschwinde«, sagte Jim und ging drohend auf den Mann zu. »Los, weg mit dir.«

Der Landstreicher ging ganz langsam ein paar Schritte zurück.

Jim Turner verschwand wieder in seiner Küche und packte die Schrotflinte, mit der er Kaninchen vertrieb.

»Los«, schrie er, als er wieder herauskam und den Lauf auf den Landstreicher richtete. »Verschwinde, und komm ja nicht wieder. Ich will keinen Abschaum wie dich hier auf dem Grundstück. Verpiss dich.«

Der Landstreicher ging langsam zurück in Richtung Straße, und die Turners kehrten in gerechter Empörung in ihre warme Küche zurück.

Der Landbesitzer bedauerte schon am Nachmittag, was er am Morgen getan hatte. Es war, wie ihm verspätet aufging, kein guter Tag, um einen Mann aus seinem Heim zu vertreiben, selbst wenn sein Heim ein Loch im Erdboden war.

Als sie das Nest in Stücke gerissen hatten, die beiden Gemeindeangestellten und er, hatte er in den Ruinen einen Plastikbeutel voller Zigarettenkippen gefunden. Er war kein phantasievoller

Mensch, aber ihm drängte sich der Gedanke auf, dass er dem Landstreicher alles, was er hatte, sein Heim und seine Behaglichkeit, genommen hatte. Er hatte zu dem düsteren Himmel aufgeblickt und geschaudert.

Am Nachmittag unternahm er einen ausgedehnten Spaziergang über sein Land – eine halbentschlossene Suche nach dem Landstreicher, um sein Gewissen zu beruhigen; dennoch war er schließlich beinahe überrascht, als er ihn über einen seiner Grenzwege auf sich zukommen sah.

Der Landstreicher schlenderte langsam weiter; er war nicht allein. Neben ihm ging, genauso langsam wie er, ein Pferd.

Er blieb stehen und das Pferd ebenfalls. Der Landstreicher hielt dem Pferd auf einer schmutzigen Hand ein Zuckerstück hin, und das Pferd fraß es.

Der Landbesitzer betrachtete die beiden voller Verwirrung, den schmutzigen Mann und das gut gepflegte Pferd mit seiner ordentlichen Decke.

»Wo haben Sie den denn her?«, fragte der Landbesitzer und zeigte auf den Hengst.

»Gefunden. Auf der Straße.« Die Stimme des Landstreichers war heiser von zu seltener Benutzung, aber die Worte waren klar und deutlich. Und gelogen.

»Hören Sie«, sagte der Landbesitzer verlegen, »Sie können sich dieses Haus da wieder aufbauen, wenn Sie wollen. Bleiben Sie noch ein paar Tage. Wie wär' das?«

Der Landstreicher dachte darüber nach, schüttelte dann aber den Kopf, denn er wusste, er konnte nicht bleiben, schon wegen des Pferdes nicht. Er hatte das Pferd aus seinem Stall geholt und mitgenommen. Sie würden sagen, er habe es gestohlen, und ihn verhaften. In der Vergangenheit war er zwanghaft aus Institutionen geflohen, aus Kinderheimen und dann von der Armee, und wenn ihm der Gedanke an die Mauern des Obdachlosenasyls schon unerträglich war, fand er den Gedanken an eine Zelle im Kittchen erst recht furchtbar. Kälte und Hunger und Freiheit, ja. Wärme und Essen und eine verschlossene Tür, nein.

Er wandte sich ab, bedeutete dem Landbesitzer unmissverständlich, das Pferd in Empfang zu nehmen, seine Hand auf das Halfter zu legen und zu tun, was recht war. Beinahe automatisch tat es der Landbesitzer.

»Warten Sie«, sagte er, als der Landstreicher sich zum Gehen wandte. »Hm... nehmen Sie das da.« Er zog eine Packung Zigaretten aus der Tasche und hielt sie ihm hin. »Nehmen Sie... bitte.«

Zögernd kam der Landstreicher zurück und

nahm das Geschenk an, nickte zur Bestätigung, dass etwas gegeben, etwas erhalten worden war. Dann wandte er sich abermals ab und ging die Straße hinunter, und der lang befürchtete Schnee begann in großen, einzelnen, schwebenden Flocken zu fallen und löschte seine verschwommenen Umrisse in dem ersterbenden Nachmittag aus.

Wo wird er hingehen? fragte sich der Landbesitzer unbehaglich. Und der Landstreicher dachte ohne Angst, dass er die ganze Nacht durch den Schnee wandern würde, um sich warm zu halten. Und am Morgen würde er eine Zuflucht finden und wie gewöhnlich essen, was andere in ihrem Überfluss weggeworfen hatten. Sein glühender Zorn vom Morgen, der aufgelodert war und sich auf Jim Turner konzentriert hatte, war mittlerweile zu Asche heruntergebrannt, und alles, was er empfand, während er sicheren Abstand zwischen sich und diesen Ort legte, war sein normaler, überwältigender Drang, allein zu sein.

Der Landbesitzer sah das Pferd an und den Stern auf seiner Stirn und schüttelte bei dem Gedanken, der ihm kam, hämisch den Kopf. Dennoch, als er das Pferd in eine Scheune hinter seinem Haus gesperrt hatte, fischte er die Zeitung vom Vortag aus dem Papierkorb und betrachtete die Schlagzeile des Revolverblatts – »Suchen Sie den strahlend weißen

Stern« – und auch das Faksimile des Fohlenzertifikats in der seriösen Tageszeitung. Dann rief er zögernd bei der Polizei an.

»Sie haben ein Pferd gefunden, ja, Sir?«, sagte eine fröhliche Polizistenstimme mit markigem Tonfall. »Da sind Sie nicht der Einzige, das kann ich Ihnen versichern. Hier gibt es im ganzen Dorf Pferde. Irgendein Narr hat bei Jim Turner sämtliche Boxen geöffnet und sie alle rausgelassen. Es könnte ein Landstreicher gewesen sein. Turner sagt, er hätte vor ein paar Stunden einen von seinem Hof gejagt. Wir suchen nach dem Kerl, der sich auf Ihrem Land niedergelassen hat. Aber es ist dunkel, und es schneit, und ich habe natürlich viel zu wenig Männer, wo doch Heiligabend ist!«

Heiligabend!

Der Landbesitzer war plötzlich maßlos wütend auf den Landstreicher, dann durchzuckte ihn mit einem Mal die Erkenntnis, dass der Landstreicher das Pferd nicht freigelassen hätte, wäre er nicht zuvor aus seinem Heim vertrieben worden. Er beschloss, dem Sergeant nicht zu sagen, dass der Landstreicher mit dem Pferd auf seinem Hof gewesen war. Und von ihm würde er auch nicht erfahren, in welche Richtung der Mann weitergezogen war.

»Ich rufe Jim Turner an, dass er das Pferd abholen kommt, Sir«, sagte der Sergeant. »Er wird froh sein, es wiederzuhaben. Der ist ganz schön aus dem Häuschen.«

»Ähm«, sagte der Landbesitzer langsam, da es ihm widerstrebte, als Narr dazustehen, »ich weiß nicht, ob Sie in der Zeitung von diesem gestohlenen Pferd gelesen haben, Sergeant, aber statt das Tier sofort an Jim Turner zurückzugeben, könnten wir vielleicht unter dieser ›allzeit erreichbaren Telefonnummer‹ den Direktor des Sicherheitsdienstes der Rennbahn kontaktieren.« Er hielt inne. »Ich nehme nicht an, dass der Direktor an Weihnachtswunder glaubt, aber das Pferd, das ich hier habe, ist ein junger brauner Hengst mit einem weißen Stern auf der Stirn... und Wirbeln an genau den richtigen Stellen...«

Arthur Conan Doyle
Der blaue Karfunkel

Am zweiten Weihnachtstag besuchte ich morgens meinen Freund Sherlock Holmes, um ihm fröhliche Weihnachten zu wünschen. Er lag in einem purpurfarbenen Schlafrock auf der Couch; zu seiner Rechten stand leicht erreichbar ein Pfeifenständer, daneben lag ein Stoß zerfledderter Morgenzeitungen, die offenbar gerade gelesen worden waren. Neben der Couch stand ein Holzstuhl, an dessen Lehne ein sehr schäbiger, unansehnlicher, steifer Filzhut hing, der aufgrund seines hohen Alters an einigen Stellen gebrochen war. Vergrößerungsglas und Pinzette auf dem Stuhlsitz ließen vermuten, dass der Hut zu Untersuchungszwecken dorthin gehängt worden war.

»Sie sind beschäftigt«, sagte ich, »hoffentlich störe ich Sie nicht.«

»Überhaupt nicht. Ich bin froh, einen Freund zu haben, mit dem ich meine Resultate durchsprechen kann. Die Angelegenheit ist ganz alltäglich«, und er deutete mit dem Daumen in Richtung des alten

Hutes, »aber in dem Zusammenhang gibt es ein paar Punkte, die nicht uninteressant sind.«

Ich setzte mich in einen Lehnstuhl und wärmte meine Hände über dem prasselnden Feuer. Ein heftiger Frost hatte eingesetzt, und die Fensterscheiben waren mit Eisblumen übersät. »Ich nehme an«, bemerkte ich, »so gewöhnlich der Hut auch aussieht, so ist er wohl doch mit einer todbringenden Geschichte verbunden – er ist der Faden, der Sie zur Lösung eines Rätsels und zur Bestrafung eines Verbrechens führen wird.«

»Nein, nein! Kein Verbrechen.« Sherlock Holmes lachte. »Nur eine dieser absonderlichen Nebensächlichkeiten, die zuweilen vorkommen, wenn vier Millionen Menschen auf einem auf einige Quadratmeilen beschränkten Raum zusammenleben müssen. Bei der Interaktion einer so dichten Menschenmasse kann man jede nur denkbare Kombination von Ereignissen erwarten; viele kleine Probleme tauchen auf, die zwar verblüffend und bizarr, aber nicht kriminell sind. Wir haben diesbezüglich schon einige Erfahrungen gemacht.«

»Ja, sogar so viele«, erwiderte ich, »dass von den letzten sechs Fällen, die ich in meine Notizensammlung aufgenommen habe, drei in keiner Weise ein Verbrechen darstellen.«

»Genau. Sie spielen auf meinen Versuch an, die

Fotografie der Irene Adler zu bekommen, auf den einzigartigen Fall der Miss Mary Sutherland oder auf das Abenteuer mit dem Mann mit der Narbe. Nun, ich hege keinerlei Zweifel, dass diese kleine Angelegenheit in dieselbe harmlose Kategorie fallen wird. Sie kennen Peterson, den Hotelportier?«

»Ja.«

»Ihm gehört diese Trophäe.«

»Es ist also sein Hut.«

»Nein, nein, er hat ihn nur gefunden. Der Besitzer des Hutes ist nicht bekannt. Ich bitte Sie, einen Blick auf ihn zu werfen, ihn aber nicht als einen abgetragenen Filzhut, sondern als intellektuelles Problem zu sehen. Doch lassen Sie sich zuerst berichten, wie der Hut überhaupt hierherkam. Er tauchte zusammen mit einer prachtvollen, fetten Gans am Weihnachtsmorgen hier auf; die Gans brutzelt in diesem Augenblick ohne Zweifel bei Peterson daheim in der Röhre. Die Fakten lauten folgendermaßen: Am Weihnachtsmorgen gegen vier Uhr in der Frühe kehrte Peterson, der, wie Sie wissen, ein sehr ehrenwerter Mann ist, von einer kleinen Feier über die Tottenham Court Road nach Hause zurück. Im Lichtschein der Gaslaternen sah er einen ziemlich großen Mann, der etwas schwankte und eine weiße, tote Gans über seiner Schulter hängen hatte, vor sich hergehen. Als der Mann um die Ecke zur Goodge Street bog, brach ein Tumult zwischen diesem Fremden und einem kleinen Haufen Raufbolde aus. Einer dieser Raufbolde schlug dem Mann den Hut vom Kopf, worauf der zu seiner Verteidigung mit seinem Stock ausholte. Dabei zertrümmerte er eine hinter ihm gelegene Schaufensterscheibe. Peterson stürmte auf den Fremden zu, um ihn vor seinen Angreifern zu schützen, aber als der Mann, schon entsetzt über die zerbrochene Fensterscheibe, eine offiziell aussehende Person in Uniform auf sich zurennen sah, ließ er seine Gans fallen, ergriff die Flucht und verschwand im Labyrinth der kleinen Straßen, die von der Tottenham Court Road abgehen. Die Raufbolde machten sich beim Anblick Petersons auch davon, so dass er allein auf dem Schlachtfeld zurückblieb und die Kriegsbeute in Form eines zerbeulten Hutes und einer prachtvollen Weihnachtsgans an ihn fiel.«

»Er hat sie doch dem Eigentümer wieder zurückgegeben?«

»Mein Lieber, darin liegt das Problem. Es stimmt, dass eine kleine Karte mit ›Für Mrs. Henry Baker‹ in Druckbuchstaben ans linke Gänsebein gebunden war, und es stimmt auch, dass die Initialen ›H. B.‹ deutlich im Hutfutter zu erkennen sind; aber da es in unserer Stadt einige Tausend Bakers und einige Hundert Henry Bakers gibt, wird es nicht einfach sein, das verlorene Eigentum dem Besitzer zurückzuerstatten.«

»Was tat Peterson also?«

»Er brachte beides, Hut und Gans, noch am selben Weihnachtsmorgen zu mir, weil er weiß, dass mich selbst die kleinsten Probleme interessieren. Die Gans haben wir bis heute morgen aufbewahrt, aber dann waren trotz des Frostes die ersten Anzeichen dafür zu erkennen, dass man gut daran täte, sie ohne weitere Verzögerung zu essen. Ihr Finder hat sie somit nach Hause genommen, damit das Tier seine eigentliche Aufgabe als Weihnachtsgans erfüllen kann. Ich aber bleibe weiterhin im Besitz des Hutes dieses unbekannten Gentleman.«

»Hat er keine Anzeige aufgegeben?«

»Nein.«

»Haben Sie irgendwelche Hinweise auf seine Person?«

»Nur die, die wir logisch herleiten können.«

»Etwa aus seinem Hut?«

»Genau.«

»Sie machen Witze. Was können Sie diesem alten, abgetragenen Hut entnehmen?«

»Hier haben Sie mein Vergrößerungsglas. Sie kennen meine Methoden. Welche Schlüsse können Sie in Bezug auf die Persönlichkeit des Mannes ziehen, der dieses Kleidungsstück getragen hat?«

Ich nahm den abgetragenen Gegenstand in die Hand und drehte ihn etwas hilflos zwischen den Fingern herum. Es war ein ganz gewöhnlicher, runder, schwarzer Hut, eine sogenannte Melone, allerdings recht mitgenommen. Der Hut war mit roter Seide gefüttert, die aber mittlerweile ziemlich verblichen war. Der Hutmachername fehlte, aber wie Holmes schon bemerkt hatte, waren die Initialen ›H.B.‹ auf der Innenseite eingezeichnet. Die Krempe war für ein zur Sicherung des Hutes dienendes Gummiband durchstochen worden, aber das Gummiband fehlte. Außerdem war der Hut voller Risse, Staub und Flecken, auch wenn der Besitzer den Versuch unternommen zu haben schien, die verblichenen Stellen mit Tinte zu überdecken.

»Ich kann nichts sehen«, sagte ich und gab den Hut meinem Freund zurück.

»Im Gegenteil, Watson, Sie können alles sehen, aber Sie können das Gesehene nicht auswerten. Sie sind zu ängstlich bei Ihren Schlussfolgerungen.«

»Bitte, dann sagen Sie, was Sie aus diesem Hut schließen können.«

Er nahm den Hut und betrachtete ihn in der seltsam konzentrierten Art, die so typisch für ihn war. »Vielleicht ist der Hut weniger informativ, als er sein könnte«, bemerkte er, »und doch gibt es einige Hinweise, die teils eindeutige, teils zumindest sehr wahrscheinliche Schlüsse zulassen. Es fällt natürlich sofort ins Auge, dass der Mann intelligent ist. Es muss ihm in den letzten drei Jahren materiell gut gegangen sein, doch jetzt ist er in eine Notlage geraten. Er war wohl früher vorsorglich, aber diese Vorsorglichkeit hat nachgelassen. Das deutet auf moralische Zerrüttung hin, die, zusammen mit der Verschlechterung seiner finanziellen Situation betrachtet, darauf schließen lässt, dass er einem Laster verfallen ist: vermutlich trinkt er. Das dürfte auch der Grund dafür sein, dass ihn seine Frau nicht mehr liebt.«

»Aber, mein lieber Holmes!«

»Er hat sich aber eine gewisse Selbstachtung erhalten«, fuhr Holmes fort, ohne meinen Einwand zu beachten. »Er ist ein Mann, der ein beschauliches Leben führt, selten ausgeht, körperlich nicht durchtrainiert und mittleren Alters ist, ergraute Haare hat, die er innerhalb der letzten Tage hat schneiden lassen und mit Brillantine eincremt. Das sind die mehr offensichtlichen Tatsachen, die man von dem Hut herleiten kann. Außerdem, nebenbei gesagt, ist es höchst unwahrscheinlich, dass er Gasbeleuchtung in seinem Haus hat.«

»Jetzt scherzen Sie sicherlich, Holmes.«

»Nicht im mindesten. Ist es möglich, dass Sie sogar jetzt, nachdem ich Ihnen meine Ergebnisse mitgeteilt habe, noch nicht fähig sind zu erkennen, wie ich sie gewann?«

»Ich bezweifle nicht, dass ich sehr dumm bin, aber ich muss gestehen, dass ich Ihnen nicht folgen kann. Zum Beispiel: Wie kamen Sie zu der Schlussfolgerung, dass der Mann intelligent ist?«

Statt einer Antwort setzte sich Holmes den Hut auf. Der Hut rutschte ihm über die Stirn und lag auf dem Nasenbein auf. »Es ist ein Frage des Volumens«, erklärte er, »ein Mann mit einem so großen Kopf muss darin auch etwas Verstand haben.«

»Und die finanziellen Schwierigkeiten?«

»Dieser Hut ist drei Jahre alt. Diese flachen, am Rand nach oben gebogenen Hutkrempen waren damals in Mode. Es ist ein Hut von bester Qualität. Schauen Sie sich das Ripsband und das exzellente seidene Innenfutter an. Wenn dieser Mann es sich vor drei Jahren leisten konnte, einen derart teuren Hut zu kaufen, es aber seitdem nicht mehr schaffte, diesen zu ersetzen, dann ist sein Glücksstern bestimmt gesunken.«

»Nun, das ist verständlich genug. Aber wie steht es mit der Vorsorglichkeit und der moralischen Zerrüttung?«

Sherlock Holmes lachte. »Hieran ist die Vorsorglichkeit zu erkennen«, erwiderte er und legte seinen Zeigefinger auf eine Öse, eine Haltevorrichtung für ein durchzuziehendes Gummiband zur Sicherung des Huts. »Hüte werden niemals mit einer solchen Vorrichtung verkauft. Wenn dieser Mann dafür Sorge trug, dass sich eine derartige Sicherheitsvorrichtung gegen Windstöße an seinem Hut befand, dann deutet das auf ein gewisses Maß an Vorsorglichkeit hin. Aber, wie wir sehen, seitdem das Gummiband gerissen ist, hat er sich nicht mehr die Mühe gemacht, es zu ersetzen; offensichtlich ist er weniger vorsorglich als früher, das heißt, er hat an Charakter verloren. Auf der anderen Seite hat er sich bemüht, diese Flecken auf dem Hut zu verdecken, indem er sie mit Tinte überschmierte. Das ist wiederum ein Zeichen dafür, dass er seine Selbstachtung nicht völlig verloren hat.«

»Ihre Beweisführung klingt plausibel.«

»Die anderen Punkte, nämlich dass er mittleren Alters ist, ergraute Haare hat, die vor kurzem geschnitten worden sind, und dass er Brillantine benutzt, ergeben sich alle aus einer gründlichen Untersuchung des Hutfutters. Das Vergrößerungsglas offenbarte eine stattliche Anzahl durch die Schere eines Friseurs sauber abgeschnittene Haarspitzen. Sie blieben alle aneinander hängen, und es haftete ihnen ein deutlicher Geruch von Brillantine an. Wie Sie sehen, ist dieser Staub hier nicht grau und grobkörnig wie Straßenstaub, sondern braun und flaumig wie Hausstaub; also hängt dieser Hut die meiste Zeit im Haus. Die Feuchtigkeitsflecken auf dem Innenfutter beweisen, dass der Träger stark transpiriert und darum kaum in bester körperlicher Verfassung sein kann.«

»Aber seine Frau – Sie behaupten, dass sie aufgehört hat, ihn zu lieben.«

»Dieser Hut ist seit Wochen nicht mehr gebürstet worden. Wenn ich Sie so sehen würde, mein lieber Watson, mit einer einwöchigen Staubladung auf Ihrem Hut, und wenn Ihre Frau es Ihnen erlauben würde, so auszugehen, müsste ich befürchten, Sie hätten das Unglück gehabt, die Zuneigung Ihrer Frau zu verlieren.«

»Aber er könnte ja Junggeselle sein?«

»Nein, er brachte die Gans seiner Frau als Friedensangebot mit nach Hause. Erinnern Sie sich an die Karte am linken Gänsebein.«

»Sie haben auf alles eine Antwort. Aber woraus, um Himmels willen, schließen Sie, dass sich in seinem Haus keine Gasbeleuchtung befindet?«

»Ein oder zwei Talgflecken könnten zufällig auf dem Hut sein, aber ich habe nicht weniger als fünf entdeckt. Ich denke, es besteht kein Zweifel, dass der Mann häufig mit brennendem Talg in Kontakt kommt – höchstwahrscheinlich steigt er abends mit dem Hut in der einen Hand und einer tropfenden

Kerze in der anderen die Treppe hinauf. Wie dem auch sei, er kann niemals Talgflecken von einer Gasflamme bekommen. Sind Sie nun zufriedengestellt?«

»Es hört sich sehr ausgeklügelt an«, sagte ich und lachte. »Aber da kein Verbrechen verübt worden ist, wie Sie gerade selbst sagten, und außer dem Verlust einer Gans kein Unrecht geschehen ist, scheint mir, dass Ihre Überlegungen reine Energieverschwendung sind.«

Sherlock Holmes öffnete den Mund, um mir zu antworten. In diesen Moment flog die Tür auf, und Peterson, der Hotelportier, stürzte mit geröteten Wangen und einem fassungslosen Gesichtsausdruck ins Zimmer.

»Die Gans, Mr. Holmes! Die Gans, Sir!«, keuchte er.

»Hm? Was ist mit ihr? Ist sie von den Toten auferstanden und aus dem Küchenfenster davongeflogen?« Holmes drehte sich ein wenig auf der Couch um, um den aufgeregten Mann besser sehen zu können.

»Sehen Sie, Sir! Schauen Sie, was meine Frau im Kropf der Gans gefunden hat!« Er streckte seine Hand aus: In der Mitte seines Handtellers lag ein irisierender, blauer Stein, etwas kleiner als eine Bohne, aber von solcher Reinheit und solchem

Glanz, dass er wie ein elektrischer Funke in der dunklen Höhlung der Hand aufblitzte.

Sherlock Holmes setzte sich mit einem Pfiff auf.

»Du lieber Gott, Petersen!«, rief er. »Da haben Sie wirklich einen Schatz gehoben! Ich nehme an, Sie wissen, worum es sich handelt.«

»Um einen Diamanten, Sir? Einen Edelstein. Er durchschneidet Glas, wie wenn es Kitt wäre.«

»Ist das nicht der blaue Karfunkel der Gräfin Morcar?«, stieß ich hervor.

»Genau! Ich sollte über seine Größe und seine Form informiert sein, denn ich habe die Verlustanzeige in den letzten Tagen in jeder Ausgabe der *Times* gelesen. Der Stein ist absolut einmalig, sein Wert kann nur geschätzt werden. Die ausgesetzte Belohnung von tausend Pfund entspricht sicherlich nicht einmal dem Zwanzigstel seines Marktpreises.«

»Tausend Pfund! Grundgütiger Gott!« Der Portier ließ sich in den Stuhl fallen und starrte uns einen um den anderen an.

»Das ist der Finderlohn. Ich weiß, dass die Gräfin aus sehr persönlichen Gründen bereit wäre, ihr halbes Vermögen zu opfern, um wieder in den Besitz dieses Steins zu gelangen.«

»Wenn ich mich erinnere, ist er im Hotel Cosmopolitan abhanden gekommen«, bemerkte ich.

»So ist es, am 22. Dezember, also vor fünf Tagen. John Horner, ein Klempner, wurde beschuldigt, ihn aus dem Schmuckkasten der Dame entwendet zu haben. Das Beweismaterial gegen ihn war so belastend, dass er bereits unter Anklage gestellt wurde. Ich glaube, hier habe ich einen Zeitungsartikel über diesen Vorfall.« Er wühlte in seinen Zeitungen, überflog flüchtig die Ausgabedaten, bis er zu guter Letzt die gewünschte fand. Er strich die Zeitung glatt, faltete sie auseinander und las folgenden Absatz vor:

»›Juwelen-Raub im Hotel Cosmopolitan. John Horner, 26 Jahre alt, Klempner, wird beschuldigt, am 22. diesen Monats einen wertvollen Edelstein, bekannt unter dem Namen ›Der blaue Karfunkel‹, aus dem Schmuckkasten der Gräfin Morcar gestohlen zu haben. James Ryder, Hotelangestellter, gab zu Protokoll, dass er Horner am Tag des Raubes in das Ankleidezimmer der Gräfin Morcar geführt habe, wo er eine locker gewordene Eisenstange des Kamingitters reparieren sollte. Er blieb eine Zeitlang mit Horner dort, wurde aber dann weggerufen. Als er zurückkehrte, sah er, dass Horner verschwunden und der Schreibtisch gewaltsam geöffnet worden war. Ein kleines marokkanisches Schmuckkästchen, in dem, wie später verlautbart wurde, die Gräfin gewöhnlich ihren Stein aufbewahrte, lag leer auf dem Frisiertisch. Ryder alarmierte sofort die Polizei, und noch am selben Abend wurde Horner verhaftet. Aber der Stein konnte weder bei ihm noch in seiner Wohnung gefunden werden. Catherine Cusack, die Zofe der Gräfin, sagte aus, sie habe den entsetzten Schrei Ryders gehört, als dieser den Raub entdeckte, und sei sofort ins Zimmer geeilt, wo sie alles so vorfand, wie es der Zeuge Ryder beschrieben habe. Inspektor Bradstreet gab zu Protokoll, dass Horner sich bei seiner Verhaftung heftig zur Wehr gesetzt und seine Unschuld aufs energischste beteuert habe. Da der Verhaftete bereits wegen Raubes vorbestraft war, weigerte sich der Polizeirichter, sich näher mit dem Delikt zu beschäftigen, und leitete den Fall sofort ans Geschworenengericht weiter. Horner war während der Gerichtsverhandlung sehr erregt und wurde bei der Urteilsverkündung ohnmächtig, so dass man ihn aus dem Gerichtssaal tragen musste.‹

Hm! Soweit der Polizeibericht«, meinte Holmes gedankenverloren und warf die Zeitung zur Seite. »Es stellt sich jetzt für uns das Problem, den Ablauf der Ereignisse zu rekonstruieren, die von einem ausgeraubten Schmuckkästchen am einen Ende zum Kropf einer Gans in der Tottenham Court Road am anderen Ende führen. Sie sehen,

Watson, unsere kleinen Schlussfolgerungen haben plötzlich einen viel gewichtigeren und weniger harmlosen Aspekt bekommen. Hier ist der Stein: Der Stein tauchte aus der Gans auf, die Gans kam von Mr. Henry Baker, dem Herrn mit dem zerbeulten Hut und all den anderen Besonderheiten, mit denen ich Sie gelangweilt habe. Wir müssen uns jetzt ernsthaft darum bemühen, diesen Gentleman ausfindig zu machen und in Erfahrung zu bringen, was für eine Rolle er in diesem kleinen Rätsel spielt. Um das zu ermitteln, sollten wir zuerst den einfachsten Weg einschlagen: eine Anzeige in allen Abendzeitungen. Sollte das zu nichts führen, werde ich auf andere Methoden zurückgreifen müssen.«

»Wie lautet der Text der Anzeige?«

»Bitte geben Sie mir einen Bleistift und ein Blatt Papier. Also:

›Ecke Goodge Street eine Gans und einen schwarzen Filzhut gefunden. Der Besitzer, Mr. Henry Baker, wird gebeten, heute Abend um 18.30 Uhr in die Baker Street, Nr. 221 B, zu kommen.‹

Das ist klar und deutlich.«

»Ja, aber wird er die Anzeige lesen?«

»Nun, er wird einen Blick auf die Zeitungen werfen, denn für einen armen Mann ist das ein schwerer Verlust. Durch sein Pech mit der zerbrochenen Schaufensterscheibe und das Auftauchen Petersons war er so verstört, dass er nur noch an Flucht dachte. Aber seitdem hat er es sicherlich bitter bereut, seinen Vogel fallen gelassen zu haben. Die Erwähnung seines Namens macht es außerdem noch wahrscheinlicher, dass er die Anzeige sieht, denn jeder, der ihn kennt, wird ihn darauf aufmerksam machen. Peterson, hier ist der Text der Anzeige, bitte gehen Sie damit zur Anzeigen-Agentur, und sorgen Sie dafür, dass die Anzeige in den Abendzeitungen erscheint.«

»In welchen, Sir?«

»Oh, im *Globe, Star, Pall Mall, St. James's Gazette, Evening News, Standard, Echo* und allen anderen, die Ihnen noch einfallen.«

»Gern, Sir. Und was passiert mit dem Stein?«

»Ach ja, den werde ich verwahren. Vielen Dank! Und Peterson, ich meine, Sie sollten auf Ihrem Rückweg eine Gans kaufen und sie bei mir deponieren. Wir müssen doch dem Herrn die Gans ersetzen, die Sie jetzt mit Ihrer Familie verzehren.«

Als der Hotelportier gegangen war, nahm Holmes den Stein in die Hand und hielt ihn gegen das Licht. »Ein schönes Stück«, sagte er. »Schauen Sie nur, wie der Stein glitzert und funkelt. Natürlich ist er ein Quell des Verbrechens, das ist jeder schöne Edelstein. Juwelen sind die Lieblingsköder des Teufels. Bei größeren, älteren Steinen könnte jede Facette für eine Bluttat stehen. Dieser hier ist nicht älter als zwanzig Jahre. Er wurde am Ufer des Amoy-Flusses in Südchina gefunden und ist insofern bemerkenswert, als er jede der typischen Eigenschaften eines Karfunkels aufweist außer der Farbe: blau statt rubinrot. Obwohl er noch nicht sehr alt ist, besitzt er schon eine bewegte Lebensgeschichte. Zweieinhalb Gramm kristallisierter Kohlenstoff gaben Anlass zu zwei Morden, einer Vitriolverätzung, einem Selbstmord und verschiedenen Raubüberfällen. Wer kann sich vorstellen, dass ein so schönes Spielzeug ein Lieferant für Galgen und Gefängnisse ist? Ich schließe ihn jetzt in meinem Geldschrank ein und benachrichtige die Gräfin, dass wir den Stein haben.«

»Glauben Sie, dass dieser Horner unschuldig ist?«

»Ich weiß es nicht.«

»Oder meinen Sie eher, dass dieser andere Mann, Henry Baker, etwas mit der Sache zu tun hat?«

»Höchstwahrscheinlich ist Henry Baker ein absolut unschuldiger Mann, der nicht die leiseste Ahnung gehabt hat, dass die Gans, die er mit sich trug, beträchtlich wertvoller war, als wenn sie aus purem Gold bestanden hätte. Das werde ich allerdings mit Hilfe eines ganz einfachen Tests feststellen können, sobald wir eine Antwort auf unsere Anzeige haben.«

»Und bis dahin können Sie nichts unternehmen?«

»Nichts.«

»In diesem Fall werde ich jetzt meinen beruflichen Verpflichtungen nachgehen und meine Krankenbesuche machen. Aber ich werde abends zu der von Ihnen angegebenen Zeit zurückkehren, denn ich möchte doch die Lösung dieser ausgesprochen verwickelten Angelegenheit erfahren.«

»Ich freue mich, wenn Sie kommen. Ich esse um sieben zu Abend. Es stehen Waldschnepfen auf dem Speiseplan. In Anbetracht der letzten Ereignisse sollte ich Mrs. Hudson vielleicht bitten, vorher den Kropf zu überprüfen.«

Durch einen Krankheitsfall verspätete ich mich etwas und gelangte erst nach halb sieben in die Baker Street. Als ich mich dem Haus näherte, sah ich im hellen Schein der Lünette einen großen Mann davorstehen, der eine Schottenmütze und einen bis zum Kinn zugeknöpften Mantel trug. Just in dem Moment, da ich dort eintraf, öffnete sich die Tür, und wir wurden beide in Holmes' Zimmer geführt.

»Ich nehme an, Sie sind Mr. Henry Baker.« Holmes erhob sich aus einem Lehnsessel und begrüßte seinen Besucher mit jener lockeren, jovialen Art, die er so leicht annehmen konnte. »Bitte nehmen Sie doch am Feuer Platz, Mr. Baker. Es ist ein kalter Abend, und ich stelle fest, dass Ihr Kreislauf eher dem Sommer als dem Winter angepasst ist. Ah, Watson, Sie kommen gerade zur rechten Zeit. Mr. Baker, ist das Ihr Hut?«

»Ja, Sir, das ist zweifellos mein Hut.«

Er war ein großer Mann mit runden Schultern, einem voluminösen Kopf und einem breiten intelligenten Gesicht, das von einem graubraunen Spitzbart abgeschlossen wurde. Die leicht geröteten Nase und Wangen, das leichte Zittern der ausgestreckten Hand riefen in mir Holmes' Vermutungen in Bezug auf seine Gewohnheiten ins Gedächtnis zurück. Sein verschossener, schwarzer Gehrock war bis oben hin zugeknöpft, der Kragen hochgeschlagen, und seine mageren Handgelenke ragten ohne Anzeichen für Manschetten oder Hemd aus den Ärmeln hervor. Er sprach mit einer leisen, stakkatoartigen Stimme, wählte seine Worte sorgfältig und machte insgesamt den Eindruck eines gebildeten und belesenen Mannes, dem das Schicksal übel mitgespielt hat.

»Wir haben diese Dinge ein paar Tage für Sie aufbewahrt«, sagte Holmes, »weil wir erwarteten, eine Annonce mit Adressenangabe von Ihnen in der

Zeitung zu finden. Ich verstehe eigentlich nicht, warum Sie keine Verlustanzeige aufgegeben haben.«

Unser Besucher lachte etwas beschämt. »Geld ist bei mir nicht mehr in dem Maße vorhanden wie früher einmal«, erwiderte er. »Ich bezweifelte nicht, dass die Bande Raufbolde, die mich angriff, beides, Gans und Hut, mitgenommen hatte. Ich wollte nicht noch gutes Geld in einen hoffnungslosen Versuch stecken, Hut und Vogel wiederzuerhalten.«

»Sehr verständlich. Übrigens, was die Gans betrifft: Wir waren gezwungen, sie zu verspeisen.«

»Zu verspeisen!« Aufgeregt sprang unser Besucher von seinem Stuhl auf.

»Ja, es wäre niemandem damit gedient gewesen, wenn wir sie hätten verderben lassen. Aber ich vermute, dass diese Gans dort auf der Anrichte etwa dem Gewicht der anderen entspricht; sie ist ganz frisch und wird hoffentlich ebenso nützlich für Sie sein.«

»Oh, gewiss, gewiss«, antwortete Mr. Baker mit einem Seufzer der Erleichterung.

»Wir haben natürlich noch die Federn, Beine und den Kropf Ihres Vogels, wenn Sie wünschen –«

Der Mann brach in aufrichtiges Gelächter aus. »Sie könnten mir höchstens als Erinnerungsstücke dienen«, sagte er, »aber abgesehen davon fällt mir wirklich kein sinnvoller Verwendungszweck für die *disjecta membra* meiner verstorbenen Bekannten ein. Nein, Sir, ich werde mit Ihrer Erlaubnis mein Interesse auf den prachtvollen Vogel beschränken, den ich auf der Anrichte erspähe.«

Sherlock Holmes warf mir einen bedeutsamen Blick zu und zuckte leicht mit den Schultern.

»Hier haben Sie Ihren Hut und Ihre Gans«, sagte er. »Übrigens, würde es Ihnen etwas ausmachen, mir zu verraten, wo Sie die andere Gans gekauft haben? Ich interessiere mich für Geflügelzucht, und ich meine, selten eine so gut gemästete Gans gesehen zu haben.«

»Selbstverständlich, Sir«, antwortete Baker. Er war aufgestanden und klemmte sich sein neu erworbenes Eigentum unter den Arm. »Einige von uns sind regelmäßig im Alpha Inn zu Gast, einem Pub in der Nähe des Museums – wir arbeiten im Museum, wissen Sie. Nun hat dieses Jahr unser Wirt, ein Mann namens Windigate, einen Gänseklub gegründet: Durch Einzahlung von ein paar Pence pro Woche in die Klubkasse sollten wir zu Weihnachten eine Gans erhalten. Ich habe meinen Anteil brav bezahlt; der Rest ist Ihnen bekannt. Sir, ich bin Ihnen sehr zu Dank verpflichtet, denn diese Schottenmütze entspricht weder meinem Alter noch meinem Status.« Er verbeugte sich mit komischer Würde vor uns und ging seines Wegs.

»So weit Mr. Henry Baker«, meinte Holmes, als der Besucher die Tür hinter sich geschlossen hatte. »Es ist ziemlich sicher, dass er nichts von dieser Sache weiß. Sind Sie hungrig, Watson?«

»Nicht sehr.«

»Dann schlage ich vor, dass wir zu späterer Stunde essen und diese heiße Spur jetzt weiter verfolgen.«

»Auf alle Fälle!«

Es herrschte klirrende Kälte, so dass wir unsere Ulster überzogen und uns unsere Schals um den Hals schlangen. Draußen funkelten die Sterne kalt vom wolkenlosen Himmel herab, und der Atem der Passanten stieg auf wie Rauchwölkchen aus Pistolenmündungen. Unsere Schritte hallten laut und deutlich auf dem Pflaster wider; über meine Wohngegend, über die Wimpole Street, Harley Street und die Wigmore Street gelangten wir schließlich in die Oxford Street. Eine Viertelstunde später waren wir in Bloomsbury im Alpha Inn, einem kleinen Pub an der Ecke einer der Straßen, die nach Holborn führen. Holmes stieß die Eingangstür auf. Wir setzten uns an einen Tisch, und mein Freund bestellte zwei Gläser Bier beim rotgesichtigen Wirt, der eine weiße Schürze trug.

»Ihr Bier muss hervorragend sein, wenn es so gut ist wie Ihre Gänse«, bemerkte Holmes.

»Meine Gänse!« Der Mann schien überrascht.

»Ja. Ich habe etwa vor einer halben Stunde mit Henry Baker gesprochen, der ein Mitglied Ihres Gänseklubs ist.«

»Ach so, ich verstehe. Aber wissen Sie, Sir, das sind nicht *unsere* Gänse.«

»Tatsächlich? Woher kommen sie denn?«

»Nun, ich erhielt zwei Dutzend Gänse von einem Händler in Covent Garden.«

»Wirklich! Ich kenne einige von ihnen. Welcher war es?«

»Er heißt Breckinridge.«

»Oh, der ist mir kein Begriff. So, auf Ihre Gesundheit, Herr Wirt, und viel Glück für Ihr Geschäft. Gute Nacht!«

»Auf zu Mr. Breckinridge«, sagte Holmes und knöpfte seinen Mantel zu, als wir wieder in die frostige Nacht hinaustraten. »Vergessen Sie nicht, Watson, dass zwar so ein harmloses Ding wie eine Gans am einen Ende der Kette hängt, aber am anderen Ende ein Mann, der sicherlich zu sieben Jahren Zuchthaus verurteilt wird, wenn wir seine Unschuld nicht beweisen können. Es ist natürlich auch möglich, dass unsere Ermittlungen seine Schuld bestätigen. Aber auf jeden Fall befinden wir uns auf einer Fährte, die der Polizei unbekannt ist und uns nur durch einen einzigartigen Zufall in die Hände gespielt wurde. Lassen Sie sie uns bis zum bitteren Ende verfolgen. Also, Richtung Süden und vorwärts marsch!«

Wir gingen durch Holborn, die Endell Street entlang und dann durch ein Gewirr von schmutzigen Hintergassen zum Markt von Covent Garden. Auf einem der größten Verkaufsstände stand der Name BRECKINRIDGE. Der Inhaber, dem Aussehen nach ein Pferdenarr, mit scharfen Gesichtszügen und einem gepflegten Backenbart, war gerade dabei, einem Jungen beim Schließen der Rollläden zu helfen.

»Guten Abend. Kalt heute«, begann Holmes.

Der Händler nickte und sah meinen Freund fragend an.

»Ich stelle fest, dass die Gänse ausverkauft sind«, fuhr Holmes fort und zeigte auf die leere Marmorplatte.

»Morgen früh können Sie fünfhundert Stück haben.«

»Das hilft mir nicht weiter.«

»Nun, es gibt noch welche dort an dem Stand mit der Gasbeleuchtung.«

»Oh, Sie sind mir aber empfohlen worden.«

»Wer hat mich empfohlen?«

»Der Wirt des Alpha Inn.«

»O ja, ich schickte ihm zwei Dutzend zu.«

»Wirklich prächtige Vögel. Von wem beziehen Sie sie denn?«

Zu meinem Erstaunen löste diese Frage einen Wutausbruch des Händlers aus.

»So, Mister«, schnaubte er, legte den Kopf schräg und stemmte die Arme in die Seiten, »worauf wollen Sie hinaus? Kommen Sie zur Sache, sofort.«

»Ganz einfach: Ich möchte gerne wissen, wer Ihnen die Gänse verkauft hat, die Sie ans Alpha Inn geliefert haben.«

»So, aber das verrate ich Ihnen nicht. Punktum.«

»Nun gut, es ist nichts von Bedeutung. Aber ich verstehe nicht, warum Sie sich über eine so belanglose Frage so aufregen können.«

»Aufregen! Sie würden sich auch aufregen, wenn Sie so belästigt würden wie ich. Wenn ich für gute Ware gutes Geld bezahle, sollte damit das Geschäft beendet sein. Aber nein, andauernd die Fragen ›Wo sind die Gänse?‹ und ›An wen haben Sie die Gänse verkauft?‹ und ›Was wollen Sie für die Gänse?‹. Man könnte glauben, es gäbe nur diese Gänse auf der Welt, wenn man sieht, was für ein Aufhebens um diese Gänse gemacht wird.«

»Ich stehe in keinerlei Verbindung zu den anderen Leuten, die Ihnen diese Fragen gestellt haben«, erwiderte Holmes unbekümmert. »Wenn Sie es uns nicht verraten wollen, gilt die Wette eben nicht, das ist alles. Aber ich verstehe etwas von Geflügel, und deshalb habe ich einen Fünfer gewettet, dass die Gans, die ich gegessen habe, auf dem Land gezüchtet worden ist.«

»Nun, dann haben Sie Ihren Fünfer verloren, die Gans stammt aus einer Zucht in der Stadt«, schnauzte der Händler.

»Das kann nicht sein.«

»Wenn ich es aber sage.«

»Ich glaube Ihnen nicht.«

»Bilden Sie sich etwa ein, mehr von Geflügel zu verstehen als ich, der seit seiner frühesten Jugend damit handelt? Ich sage Ihnen, alle Gänse, die ans Alpha Inn geliefert wurden, kamen aus einer Zucht in der Stadt.«

»Sie werden mich nicht überzeugen. Ich glaube es nicht.«

»Wollen wir wetten?«

»Damit würde ich Ihnen nur das Geld aus der Tasche ziehen, denn ich weiß, dass ich recht habe. Aber ich werde einen Sovereign setzen, um Ihnen zu zeigen, dass man nicht so halsstarrig sein soll.«

Der Händler lachte grimmig. »Bill, bring mir die Bücher!«, rief er.

Der Bursche brachte ein kleines, dünnes Heft und ein großes Buch voller Fettflecke und legte beides unter die Lampe.

»So, Sie Besserwisser«, begann der Händler, »ich dachte, ich hätte alle Gänse verkauft, aber es scheint noch eine im Laden zu sein. Sehen Sie dieses kleine Heft?«

»Ja?«

»Das ist das Verzeichnis meiner Lieferanten. Sehen Sie? Hier, auf dieser Seite, stehen die Züchter auf dem Land, und die Zahlen hinter ihren Namen geben an, wo sich ihre Konten in dem Kassabuch finden lassen. Gut. Sehen Sie diese andere Seite, mit der roten Tinte? Das ist die Liste der Züchter in der Stadt. Jetzt achten Sie auf den dritten Namen von oben. Lesen Sie ihn mir vor.«

»Mrs. Oakshott, 117 Brixton Road 249«, las Holmes vor.

»Richtig! Jetzt schlagen Sie das im Kassabuch auf.«

Holmes schlug die angegebene Seite auf. »Hier, Mrs. Oakshott, 117 Brixton Road, Eier- und Geflügellieferantin.«

»Wann war die letzte Eintragung?«

»Am 22. Dezember. 24 Gänse zu sieben Shilling und sechs Pence das Stück.«

»Richtig. Und was steht darunter?«

»Verkauft an Mr. Windigate, Wirt vom Alpha Inn, zu je zwölf Shilling.«

»Und was sagen Sie jetzt?«

Sherlock Holmes schaute äußerst zerknirscht drein. Er zog einen Sovereign aus seiner Tasche, warf ihn auf die Marmorplatte und wandte sich mit dem Gesicht eines Mannes ab, dessen tiefer Widerwillen sich nicht in Worte fassen lässt. Nach ein paar Schritten blieb er lautlos in sich hineinlachend unter einer Laterne stehen.

»Wenn Sie einen Mann mit einem so geschnittenen Backenbart sehen, dem ein Rennprogramm aus der Tasche ragt, können Sie ihn immer mit seiner Wettlust erwischen«, sagte er. »Wenn ich hundert Pfund vor diesen Mann hingelegt hätte, hätte ich keine so umfassende Information von ihm erhalten wie dadurch, dass ich ihn glauben ließ, er könne gegen mich eine Wette gewinnen. Nun, Watson, ich glaube wir nähern uns dem Ende unserer Ermittlungen; im Moment müssen wir uns nur entscheiden, ob wir noch heute Abend zu Mrs. Oakshott gehen oder ob wir es uns bis morgen aufsparen sollen. Nach dem, was dieser mürrische Herr sagte, sind offenbar noch andere außer uns an der Sache interessiert, und ich möchte –«

Seine Überlegungen wurden plötzlich von lautem Geschrei unterbrochen, das aus dem Verkaufsstand ertönte, den wir gerade verlassen hatten. Wir drehten uns um und sahen im Lichtkegel der schaukelnden Lampe einen kleinen Mann mit einem Rattengesicht; vor ihm stand Breckinridge, der Händler, und schüttelte wütend seine Fäuste gegen die sich duckende Gestalt.

»Jetzt habe ich aber genug von Ihnen und Ihren Gänsen«, brüllte er, »ich wünsche euch alle zusammen zum Teufel! Wenn Sie mich noch einmal mit Ihrem dummen Gerede belästigen, hetze ich den Hund auf Sie. Bringen Sie mir Mrs. Oakshott hierher, und ich werde ihr Rede und Antwort stehen. Aber was haben Sie damit zu tun? Habe ich die Gänse etwa von Ihnen gekauft?«

»Nein, aber eine von ihnen gehörte mir«, jammerte der kleine Mann.

»Dann fragen Sie Mrs. Oakshott nach der Gans.«

»Sie sagte mir, ich solle Sie fragen.«

»Sie können meinetwegen den Kaiser von China fragen. Ich habe genug von Ihnen. Scheren Sie sich zum Teufel!« Er machte wütend einen Schritt nach vorn, und der Mann floh in die Dunkelheit.

»Ha, das könnte uns den Besuch in der Brixton Road ersparen«, flüsterte Holmes. »Kommen Sie mit, wir wollen einmal nachsehen, was es mit diesem Burschen auf sich hat.« Mit großen Schritten bahnte er sich einen Weg durch die verschiedenen

Menschengrüppchen, die noch vor den beleuchteten Verkaufsständen herumlungerten, holte den kleinen Mann rasch ein und klopfte ihm auf die Schulter. Der drehte sich erschrocken um, und im Gaslicht sah ich, dass er kreidebleich wurde.

»Wer sind Sie? Was wollen Sie?«, fragte er mit zitternder Stimme.

»Entschuldigen Sie bitte«, antwortete Holmes freundlich, »ich konnte nicht umhin, Ihre Fragen an den Händler mit anzuhören. Ich glaube, ich könnte Ihnen behilflich sein.«

»Sie? Wer sind Sie? Was können Sie von der Angelegenheit wissen?«

»Mein Name ist Sherlock Holmes. Es ist mein Beruf zu wissen, was andere Leute nicht wissen.«

»Aber von dieser Angelegenheit wissen Sie doch nichts?«

»Entschuldigen Sie, aber ich weiß alles darüber. Sie bemühen sich, einige Gänse aufzuspüren, die von Mrs. Oakshott in der Brixton Road an einen Händler namens Breckinridgc verkauft worden sind, der sie wiederum an Mr. Windigate, dem Wirt vom Alpha Inn, lieferte. Mr. Windigate schließlich händigte sie seinem Gänseklub aus, in dem Henry Baker Mitglied ist.«

»Oh, Sir, Sie sind genau der Mann, nach dem ich gesucht habe«, rief der kleine Mann mit ausgestreckten Händen und zitternden Fingern. »Ich kann Ihnen gar nicht sagen, wie interessiert ich an der Sache bin.«

Sherlock Holmes winkte eine an uns vorüberfahrende Droschke heran. »In diesem Fall sollten wir uns besser in einem gemütlichen Raum als auf einem windigen Marktplatz unterhalten. Aber bitte, bevor wir gehen, wem habe ich das Vergnügen helfen zu können?«

Der Mann zögerte einen Augenblick. »Mein Name ist John Robinson«, antwortete er mit einem Seitenblick.

»Nein, nein, bitte Ihren richtigen Namen«, sagte Holmes betont freundlich. »Es ist immer so unangenehm, mit einem Alias Geschäfte zu tätigen.«

Die aschfahlen Wangen des Fremden röteten sich leicht. »Mein richtiger Name ist James Ryder.«

»Richtig, der Angestellte aus dem Hotel Cosmopolitan. Steigen Sie doch bitte in die Droschke ein. Ich werde Ihnen bald alles erzählen können, was Sie wissen möchten.«

Der kleine Mann blickte vom einen zum anderen mit einem halb erschrockenen, halb hoffnungsvollen Blick, wie jemand, der nicht weiß, ob er sich am Rand eines unerwarteten Glücksfalls oder am Rand einer Katastrophe befindet. Er stieg in den Wagen, und eine halbe Stunde später saßen wir im

Wohnzimmer in der Baker Street. Während der Fahrt wurde nicht gesprochen, aber die schnelle, flache Atmung unseres neuen Gefährten und die unruhigen Hände sprachen für seine Nervosität.

»So, da wären wir!«, erklärte Holmes fröhlich, als wir den Raum betraten. »Ein Kaminfeuer ist in dieser Jahreszeit wirklich sehr angebracht. Mr. Ryder, Sie sehen so verfroren aus. Nehmen Sie doch bitte im Korbstuhl Platz. Ich ziehe mir nur noch meine Hausschuhe an, bevor wir zu Ihrem kleinen Anliegen kommen. So! Sie möchten gerne wissen, was aus den Gänsen geworden ist?«

»Ja, Sir.«

»Oder vielleicht aus der einen Gans. Ich glaube, es ist nur ein Vogel, an dem Sie besonders interessiert sind – weiß, mit einem schwarzen Streifen auf dem Schwanz.«

Ryder zitterte vor Erregung. »Oh, Sir«, rief er, »wissen Sie etwa, wohin sie gelangte?«

»Ja, hierher.«

»Hierher?«

»Ja, und es zeigte sich, dass sie eine äußerst beachtliche Gans war. Ich wundere mich nicht, dass Sie an ihr interessiert sind. Sie legte noch ein Ei, nachdem sie schon tot war – das schönste, leuchtendste kleine blaue Ei, das ich je gesehen habe. Ich habe es hier in meine Sammlung aufgenommen.«

Unser Besucher erhob sich schwankend und ergriff mit seiner rechten Hand den Kaminsims. Holmes schloss seinen Safe auf und hielt den blauen Karfunkel in die Höhe, der sein kaltes, funkelndes Licht wie ein Stern rundum erstrahlen ließ. Ryder stierte ihn mit einem verzerrten Gesichtsausdruck an, unsicher, ob er seinen Anspruch darauf geltend machen sollte oder nicht.

»Das Spiel ist aus, Ryder«, sagte Holmes ruhig. »Halten Sie sich fest oder Sie werden ins Feuer fallen. Watson, helfen Sie ihm in seinen Stuhl zurück. Er ist nicht kaltblütig genug, um ein schweres Kapitalverbrechen straffrei verüben zu können. Geben Sie ihm einen Schluck Brandy! So, nun sieht er schon etwas menschlicher aus. Was für ein Schwächling, wirklich!«

Einen Moment lang taumelte Ryder und wäre beinahe hingefallen, aber der Brandy brachte wieder etwas Farbe in seine Wangen, und er saß mit starrem und erschrockenem Blick seinem Ankläger gegenüber.

»Ich habe fast den lückenlosen Ablauf der Ereignisse beisammen, und alle Beweise, die ich benötige. Es gibt also wenig, was Sie mir erzählen müssen. Aber dieses Wenige könnten wir auch noch klären, um den Fall abzurunden. Sie hatten vom blauen Stein der Gräfin Morcar gehört, Ryder?«

»Catherine Cusack hatte mir davon erzählt«, antwortete er mit gebrochener Stimme.

»Aha, die Zofe der Gräfin? Nun, der Versuchung, so leicht in einen plötzlichen Wohlstand zu gelangen, konnten Sie nicht widerstehen; schon bessere Männer als Sie sind dieser Versuchung erlegen. Aber Sie waren nicht skrupellos genug. Trotzdem scheint es mir, Ryder, dass in Ihnen ein großer Schuft steckt. Sie wussten, dass dieser Mann Horner, der Klempner, schon einmal in eine ähnliche Angelegenheit verwickelt war und dass der Verdacht sofort auf ihn fallen würde. Was taten Sie? Sie verursachten einen kleinen Schaden im Ankleidezimmer der Gräfin – Sie und Ihre Komplizin Cusack – und arrangierten es so, dass ausgerechnet Horner zum Reparieren geholt wurde. Dann, nachdem Horner gegangen war, plünderten Sie den Schmuckkasten, schlugen Alarm, und dieser unglückselige Mann wurde festgenommen. Sie haben dann – «

Ryder warf sich plötzlich auf den Teppich nieder und umfasste die Beine meines Freundes. »Um Himmels willen, lassen Sie Gnade walten!«, stieß er schrill hervor. »Denken Sie an meinen Vater! An meine Mutter! Es würde ihnen das Herz brechen. Ich habe bisher noch nie in meinem Leben etwas Unrechtes getan! Ich will es nicht wieder tun. Ich schwöre es. Ich schwöre es bei Gott. Oh, bringen Sie den Fall nicht vor Gericht! Um Gottes willen, bitte nicht!«

»Setzen Sie sich wieder auf Ihren Stuhl!«, befahl Holmes streng. »Es ist sehr einfach, jetzt zu flehen und auf dem Boden zu kriechen, aber Sie haben kaum einen Gedanken an diesen armen Horner verschwendet, der für ein Verbrechen auf der Anklagebank sitzt, von dem er nichts weiß.«

»Ich werde fliehen, Mr. Holmes. Ich werde das Land verlassen, Sir. Damit würde der Verdacht von ihm genommen.«

»Hm! Wir werden noch darauf zurückkommen. Und jetzt lassen Sie uns den wahren Sachverhalt im nächsten Akt des Dramas wissen. Wie gelangte der Stein in den Schlund der Gans? Und wie kam es dazu, dass die Gans zum Verkauf feilgeboten wurde? Sagen Sie uns die Wahrheit, darin liegt Ihre einzige Chance.«

Ryder befeuchtete seine trockenen Lippen. »Ich werde Ihnen genau berichten, wie es geschehen ist, Sir«, sagte er. »Als Horner verhaftet wurde, dachte ich, dass es das Beste wäre, den Stein verschwinden zu lassen. Denn ich wusste ja nicht, in welchem Moment es der Polizei nicht doch einfallen könnte, mich und mein Zimmer zu durchsuchen. Im Hotel existierte kein sicheres Versteck.

So verließ ich das Hotel, als ob ich etwas Berufliches zu erledigen hätte, und begab mich direkt zu meiner Schwester. Sie hat einen Mann namens Oakshott geheiratet und lebt in der Brixton Road, wo sie Geflügel für den Verkauf mästet. Auf dem Weg dorthin meinte ich, dass jeder, dem ich begegnete, ein Polizist oder ein Detektiv wäre. Obwohl es ein kalter Abend war, brach mir der Schweiß aus, bevor ich noch in die Brixton Road kam. Meine Schwester fragte mich, warum ich so blass wäre. Ich erzählte ihr, dass ich so aufgeregt wäre wegen eines Juwelenraubs im Hotel. Dann betrat ich den Hinterhof, rauchte eine Pfeife und überlegte, was am besten zu tun wäre.

Ich hatte einmal einen Freund namens Maudsley, der auf die schiefe Bahn geraten war und seine Zeit im Gefängnis von Pentonville gerade abgesessen hatte. Eines Tages war ich ihm zufällig begegnet, und wir kamen auf die Methoden von Dieben zu sprechen, wie sie ihr Diebesgut loswerden können. Ich wusste, dass ich mich auf ihn verlassen konnte, weil ich ein, zwei Geheimnisse von ihm kannte. So entschloss ich mich, sofort zu ihm nach Kilburn zu fahren und ihn ins Vertrauen zu ziehen. Er würde mir den Weg zeigen, wie man diesen Stein zu Geld macht. Aber wie konnte ich den Stein sicher zu ihm nach Kilburn bringen? Ich erinnerte mich an die Ängste, die ich durchgestanden hatte, als ich vom Hotel zu meiner Schwester lief. Jeden Moment könnte ich gefasst und durchsucht werden, und dann wäre der Stein in meiner Westentasche! Ich lehnte mich gegen die Mauer und schaute auf die vor mir herumwatschelnden Gänse. Plötzlich schoss mir eine Idee durch den Kopf, mit der ich den besten Detektiv der Welt überlisten konnte.

Meine Schwester hatte mir vor einigen Wochen angeboten, dass ich mir als Weihnachtsgeschenk eine ihrer Gänse auswählen dürfte. Ich wusste, dass sie Wort halten würde. Ich beschloss, die Gans jetzt zu nehmen und den Stein in ihr nach Kilburn zu transportieren. Auf dem Hof stand ein kleiner Schuppen. Hinter diesen trieb ich eine der Gänse, ein prachtvolles, großes, weißes Tier mit einem schwarzen Streifen auf dem Schwanz. Ich schnappte sie mir, zwängte ihren Schnabel auf und steckte ihr den Stein so weit in den Hals hinunter, wie ich nur mit den Fingern reichen konnte. Der Vogel schluckte den Stein, und ich fühlte ihn die Speiseröhre bis zum Kropf hinabrutschen. Aber das Tier wehrte sich und schlug mit den Flügeln, so dass meine Schwester herauskam, um sich nach dem Anlass der Unruhe zu erkundigen. Als ich mich umdrehte, um mit ihr zu reden, befreite sich das Vieh und flatterte eiligst zu den anderen zurück.

›Was hast du mit dem Vogel gemacht, Jem?‹, fragte sie.

›Nun‹, antwortete ich, ›du hast mir eine Gans zu Weihnachten versprochen, und ich fühlte jetzt, welches die fetteste sei.‹

›Oh‹, erwiderte sie, ›wir haben dir schon eine reserviert. Wir nennen sie immer Jems Vogel. Es ist die große, weiße Gans dort drüben. Wir haben sechsundzwanzig Stück; eine für dich, eine für uns und zwei Dutzend für den Markt.‹

›Vielen Dank, Maggie‹, sagte ich, ›aber wenn es dir recht ist, würde ich gern die haben, die ich grade in der Hand hatte.‹

›Die andere ist aber um gut drei Pfund schwerer‹, meinte sie, ›und wir haben sie extra für dich gemästet.‹

›Macht nichts! Ich möchte die andere haben und sie jetzt mitnehmen.‹

›Wie du meinst‹, sagte sie etwas beleidigt. ›Welche willst du denn?‹

›Die weiße mit dem schwarzen Streifen auf dem Schwanz, da rechts mitten in der Schar.‹

›In Ordnung! Schlachte sie und nimm sie mit.‹

Nun, ich tat, wie mir geheißen wurde, Mr. Holmes, und trug den Vogel nach Kilburn. Ich erzählte meinem Freund, was ich getan hatte, denn ihm gegenüber brauchte ich mich nicht zu genieren. Er lachte sich halb tot. Wir griffen nach einem Messer und nahmen die Gans aus. Mein Herz blieb stehen, als wir keinen Stein fanden und mir klar wurde, dass mir ein schrecklicher Fehler unterlaufen war. Ich ließ die Gans Gans sein, rannte eiligst zu meiner Schwester zurück und stürzte auf den Hinterhof. Dort war keine Gans mehr zu sehen.

›Wo sind denn die Gänse, Maggie?‹, schrie ich.
›Beim Händler.‹
›Bei welchem Händler?‹
›Breckinridge, in Covent Garden.‹
›Gab es noch eine andere Gans mit einem schwarzen Streifen auf dem Schwanz?‹, fragte ich. ›Das heißt eine ähnliche wie die, die ich ausgewählt habe?‹
›Ja, Jem, es gab zwei Gänse mit gestreiften Schwänzen, und ich konnte sie auch nie auseinanderhalten.‹

Natürlich erklärte diese Auskunft alles, und ich rannte, so schnell ich konnte, zu diesem Händler Breckinridge. Aber er hatte die ganze Lieferung auf einmal verkauft, und mit keinem einzigen Wort wollte er mir verraten, wo sie hingewandert waren. Sie haben ihn heute Abend selbst gehört. In dieser Art hat er mir jedesmal geantwortet. Meine Schwester glaubt, dass ich langsam verrückt werde. Manchmal glaube ich das selbst. Und jetzt – jetzt bin ich als Dieb gezeichnet, ohne je etwas von dem Reichtum gehabt zu haben, für den ich meinen Charakter verkauft habe. Gott, hilf mir! Gott, hilf mir!« Er brach in heftiges Schluchzen aus und schlug die Hände vors Gesicht.

Es folgte eine lange Pause, in der nur sein schwerer Atem und das Trommeln von Sherlock Holmes' Fingerspitzen auf der Tischplatte zu hören waren. Dann erhob sich mein Freund und riss die Tür auf.

»Hinaus!«, sagte er.

»Was, Sir! Der Himmel segne Sie!«

»Kein Wort mehr! Raus!«

Es waren keine Worte mehr nötig. Er eilte hinaus, polterte die Treppe hinunter, schlug die Tür hinter sich zu und rannte schnellen Fußes auf der Straße davon.

»Schließlich, Watson«, meinte Holmes, während er nach seiner Tonpfeife griff, »bin ich nicht verpflichtet, die Fehler der Polizei auszubügeln. Wenn Horner Gefahr gedroht hätte, wäre es eine andere Sache, aber dieser Bursche wird nicht gegen ihn aussagen, und so muss der Fall ad acta gelegt werden. Ich vermute, dass ich gesetzwidrig handle, aber es ist möglich, dass ich damit eine Seele rette. Dieser Mann wird nie mehr vom rechten Pfad abkommen. Er ist zu erschrocken. Schicken Sie ihn jetzt ins Gefängnis, und er bleibt für immer ein

Krimineller. Außerdem haben wir gerade die Zeit der Vergebung. Der Zufall hat uns ein einzigartiges, wunderliches Rätsel aufgegeben, und die Lösung ist unsere schönste Belohnung. Seien Sie so freundlich und klingeln Sie, Doktor, wir werden mit einer anderen Ermittlung beginnen, in der ebenfalls ein Vogel die Hauptrolle spielen wird.«

Cyril Hare
Schwester Bessie

Zur lieben, schönen Weihnachtszeit
Soll es wie eh geschehn,
Dass Freunde sich von nah und weit
Am altvertrauten Orte sehn.
Fünfhundert liebe Grüße schick
Von Dir an mich!
Das neue Jahr bring Dir viel Glück,
Ich wart auf Dich!

Mit ihren sorgfältig manikürten Fingern wendete Hilda Trent die Weihnachtskarte um, nachdem sie die blödsinnigen Verse laut vorgelesen hatte.

»Hast du jemals so etwas Primitives gehört?«, fragte sie ihren Mann. »Ich möchte gern wissen, wer solch ein Zeug für die Postkarten zusammenschreibt! Timothy, kennst du jemand mit Namen Leech?«

»Leech?«

»Ja – ›Von Deinem alten Leech‹ steht darunter. Das muss ein Freund von dir sein. Der einzige Mensch dieses Namens, den ich gekannt habe, war eine Schulfreundin, die sich ›L-e-a-c-h‹ schrieb; dieser hier schreibt sich mit zwei ›e‹.« Sie blickte auf den Umschlag. »Ja, er ist an dich adressiert. Wer ist Leech?«

Sie warf ihm die Karte über den Tisch zu.

Timothy starrte angespannt auf die Verse und die gekritzelte Unterschrift.

»Ich habe nicht die geringste Ahnung«, sagte er langsam. Während er sprach, bemerkte er mit kaltem Entsetzen, dass die gedruckte Botschaft auf der Karte fein säuberlich von Hand geändert worden war. Die Silbe ›Fünf‹ war mit schwarzer Tinte gemalt. Der Dichter des Originals hatte sich zweifellos mit ›Einhundert lieben Grüßen‹ begnügt.

»Lege sie zu den anderen auf den Kaminsims«, sagte seine Frau. »Auf der Vorderseite ist so ein hübsches, aufgeplustertes Rotkehlchen.«

»Verdammt noch mal, nein!« In einem plötzlichen Wutanfall riss er die Karte in Fetzen und warf sie ins Feuer.

Er hatte töricht gehandelt, sich so vor Hilda gehenzulassen, überlegte er, als er eine halbe Stunde später in die Stadt fuhr; doch wahrscheinlich würde sie seiner Nervosität die Schuld geben – sie lag ihm schon seit längerer Zeit in den Ohren, deswegen einmal den Arzt aufzusuchen. Nicht um alles Gold der Bank von England hätte er den Anblick dieses abscheulichen Geschreibsels auf dem Kaminsims in seinem Speisezimmer ertragen können! Diese Unverschämtheit! Diese kalte, berechnende Teufelei! Während der ganzen Fahrt nach London hämmerten die Räder des Zuges den hämischen Rhythmus:

Zur lieben, schönen Weihnachtszeit...

Es war zum Verrücktwerden!

Und er hatte gedacht, dass seine letzte Zahlung das Ende der Angelegenheit bedeutet hätte. Er war von James' Begräbnis triumphierend und in dem sicheren Glauben zurückgekehrt, dass er der Beerdigung des Blutsaugers beigewohnt hätte, der sich ›Leech‹ nannte. Anscheinend hatte er sich jedoch getäuscht.

Fünfhundert liebe Grüße schick...

Fünfhundert! Im letzten Jahr waren es dreihundert gewesen, und schon das hatte ihn schwer genug getroffen. Er hatte einige Aktien zu einem sehr ungünstigen Zeitpunkt verkaufen müssen. Und nun fünfhundert – bei der gegenwärtigen Lage auf dem Kapitalmarkt! Wie in drei Teufels Namen sollte er das Geld auftreiben?

Selbstverständlich würde er es beschaffen. Es würde ihm gar nichts anderes übrigbleiben. Er würde das widerwärtige, sattsam bekannte Spiel von neuem durchmachen müssen. Das Geld hatte er in normalen Pfundnoten in ein unverdächtiges Päckchen zu packen und bei der Handgepäckaufbewahrung im Waterloo-Bahnhof zu hinterlegen. Am nächsten Tag würde er dann seinen Wagen wie gewöhnlich auf dem Parkplatz vor seiner Bahnstation stehenlassen, bevor er den Zug nach London bestieg. Unter dem Scheibenwischer – ›am altvertrauten Orte‹ – würde der Aufbewahrungsschein stecken. Wenn er am Abend wieder von der Arbeit zurückkäme, würde der Schein verschwunden sein. Und damit wäre die Angelegenheit erledigt – bis zum nächsten Mal. Das war die Art, wie Leech es haben wollte, und ihm blieb keine andere Wahl, als mitzumachen.

Mit Sicherheit wusste Trent über seinen Erpresser nur, dass er – oder sollte es eine Frau sein? – ein Mitglied seiner Familie sein musste. Seine Familie! Gott sei Dank waren es keine richtigen Angehörigen von ihm. Soweit er wusste, hatte er keine lebenden Blutsverwandten mehr. Aber seit sein Vater die sanfte, unscheinbare Mary Grigson mit ihrem langen Gefolge verweichlichter, nutzloser Kinder geheiratet hatte, als er ein kleiner kränklicher Junge war, hatte sie ›seine‹ Familie gebildet. Und nachdem die Grippeepidemie von 1919 John Trent dahingerafft hatte, war er als Mitglied dieser anhänglichen, habgierigen Sippschaft aufgezogen worden. Inzwischen war er in der Welt herumgekommen, hatte es zu Geld gebracht und Geld erheiratet, war aber nie von den Grigsons losgekommen. Wie er sie alle verabscheute! – außer seiner Stiefmutter, der er widerwillig zugestand, dass er ihr seinen Start im Berufsleben verdankte. Aber sie blieben ›seine‹ Familie; erwarteten, dass er sie mit brüderlicher Liebe behandelte; verlangten, dass er bei Familienzusammenkünften dabei wäre, besonders zu Weihnachten.

Zur lieben, schönen Weihnachtszeit...

Er legte seine Zeitung ungelesen hin und starrte unglücklich aus dem Abteilfenster. Vor vier Jahren, auch zur Weihnachtszeit, hatte diese Sache begonnen – auf dem üblichen Familientreffen am Heiligen Abend bei seiner Stiefmutter, wie es ihm auch jetzt wieder in seiner ganzen, quälenden Langeweile bevorstand. Man hatte einige anspruchslose Spiele zum Ergötzen der Kinder veranstaltet – Blindekuh und die Reise nach Jerusalem –, und dabei musste ihm seine Brieftasche aus der Jacke gerutscht sein. Er bemerkte den Verlust am nächsten Morgen, suchte das Haus ab und fand sie wieder. Als er sie durchsah, fehlte jedoch ein Stück von ihrem Inhalt. Nur eines. Ein kurzer, deutlicher Brief, der von einem Manne unterzeichnet war, der gerade damals in Verbindung mit einer unangenehmen Untersuchung über gewisse großangelegte Schiebungen mit Staatspapieren ziemlich berüchtigt gewesen war. Wie konnte er nur so ein Narr gewesen sein, den Brief einen Augenblick länger als unbedingt notwendig zu behalten! Doch es war unnütz, sich jetzt darüber Gedanken zu machen.

Danach hatte es mit den Karten von Leech angefangen. Leech besaß den Brief. Leech hatte es als seine Pflicht dargestellt, ihn an den Chef von Trents Firma weiterzuleiten, der übrigens auch Trents Schwiegervater war. Im Augenblick jedoch sei er gerade etwas knapp an Geld, und für eine geringe Summe... so hatte es angefangen, und so war es jahraus, jahrein weitergegangen.

Er hatte so fest geglaubt, dass es James gewesen sein musste! Dieser schäbige, erfolglose Börsenjobber mit seinen Spielschulden und seinem ständigen

Whiskydurst schien genau dem Bild eines Erpressers zu entsprechen. Nun, im vorigen Februar war er James losgeworden, und jetzt war Leech doch wieder aufgetaucht, hungriger als je zuvor.

Trent rutschte unruhig auf seinem Platz umher. ›James losgeworden‹ war wohl kaum der richtige Ausdruck. Man sollte sich selbst gegenüber fair sein. Er hatte James lediglich geholfen, sein eigenes wertloses Ich loszuwerden. Er hatte nichts weiter getan, als James zum Essen in seinen Klub einzuladen, ihn mit Whisky vollzufüllen und ihn dann in einer nebligen Nacht über mit tückischem Glatteis bedeckte Straßen nach Hause fahren zu lassen. An der Abzweigung nach Kingston hatte sich dann ein bedauerlicher Unfall ereignet, und das war das Ende von James gewesen – und unglücklicherweise auch das von zwei völlig Fremden, die sich zufällig gerade zur gleichen Zeit auf dieser Straße befanden. Uninteressant! Die Pointe war, dass die Ausgabe für das Essen – und den Whisky – ein völliges Minusgeschäft gewesen war. Er durfte nicht noch einmal den gleichen Fehler machen. An diesem Heiligabend musste er sich ganz genau vergewissern, wer sein Verfolger war. Sobald er das wusste, würde es keine halben Maßnahmen geben. –

Die Erleuchtung kam ihm, als ungefähr die Hälfte von Mrs. John Trents Familienfeier verstrichen war – in demselben Augenblick, als die Geschenke vom Weihnachtsbaum genommen und verteilt wurden, als der Raum in den weichen Schimmer brennender bunter Kerzen getaucht war und die ›Ahs!‹ und ›Ohs!‹ der aufgeregten Kinder ertönten, vermischt mit dem Rascheln von Papier beim hastigen Öffnen der Geschenkpäckchen. Die Lösung war so einfach und so unerwartet, dass er beinahe laut gelacht hätte. Und als ob es so hatte sein sollen, war es sein eigener Beitrag zu der Feier, der die Enthüllung bewirkte. Da er als das wohlhabendste Mitglied der Familie galt, war es seit einigen Jahren seine unausgesprochene Pflicht, seiner Stiefmutter mit irgendeiner besonderen Köstlichkeit zu helfen, ein dieser Gelegenheit würdiges Fest auszurichten. Dieses Jahr hatte seine Gabe aus einem halben Dutzend Flaschen Champagner bestanden – Teil einer Lieferung, die er im Verdacht hatte, nach Kork zu schmecken. Und für Bessie, die nichts Stärkeres als Limonade gewohnt war, genügt schon wenig von diesem Champagner, um ihre Zunge einen verhängnisvollen Augenblick lang zu lösen.

Bessie! Ausgerechnet die verwelkte, altjüngferliche Bessie! Bessie mit ihren Strickarbeiten und ihren Wohltätigkeitsvereinen – Bessie mit ihren einfältigen, flehenden Augen und ihrem hoffnungslosen Wesen, das einen an eine Knospe erinnerte, die just vor dem Erblühen vom Frost gestreift worden war! Und doch, wenn man darüber nachdachte, war es ganz natürlich. Wahrscheinlich mochte er sie am wenigsten von der ganzen Grigsonsippschaft. Er empfand für sie jene Abneigung, die man unwillkürlich gegen eine Person richtet, die man schlecht behandelt hat; und er war so einfältig gewesen, zu denken, dass es ihr nichts ausmache. (Wie hatte er sich nur in dem Glauben wiegen können, dass sie ihm nichts nachtrüge!)

Sie war genauso alt wie er, und vom Zeitpunkt seiner Aufnahme in die Familie an hatte sie sich zu seiner Beschützerin gegen die Ungnade seiner älteren Stiefbrüder gemacht. Ihren ständigen sentimentalen Beteuerungen nach war sie damals seine Lieblingsschwester gewesen. Als sie älter wurden, vertauschten sie die Rollen; sie wurde sein Schützling, die bewundernde Zuschauerin auf der Arena seiner frühen Selbstbehauptungskämpfe. Damals war ihm auch klargeworden, dass sie und alle anderen von ihm erwarteten, er werde sie heiraten. Einige Zeitlang hatte er diesen Gedanken auch ernsthaft in Erwägung gezogen. Sie war in jenen Tagen einigermaßen hübsch gewesen und betete – wie alle Welt sagte – den Boden an, über den seine Füße geschritten waren. Doch er hatte genug Verstand besessen, um einzusehen, dass er eine bessere Verbindung eingehen müsste, wenn er Erfolg im Leben haben wollte. Seine Verlobung mit Hilda war damals ein Schock für Bessie. Ihr altjüngferliches Aussehen und ihre Hingabe an gute Werke datierten von jener Zeit an. Aber sie hatte ihm huldvoll vergeben – wie es den Anschein gehabt hatte.

Jetzt, als er mit einer lächerlichen Papiermütze auf dem Kopf unter dem Mistelzweig stand, wunderte er sich, wie er sich so leicht hatte täuschen lassen. Als ob letzten Endes überhaupt jemand anders als eine Frau diese Weihnachtskarte geschrieben haben könnte!

Bessie lächelte ihn immer noch an – lächelte mit der Zufriedenheit der leicht Beschwipsten, und ihre erhobene Nase glühte rosa im Kerzenlicht. Ihr Gesicht trug einen leicht verwunderten Ausdruck zur Schau, als versuchte sie sich daran zu erinnern, was sie eben gesagt hatte. Timothy lächelte zurück und trank ihr zu. Er war stocknüchtern und würde sie an ihre Worte erinnern können, wenn der richtige Zeitpunkt gekommen war.

»Mein Geschenk für dich, Timothy, ist bei der Post. Ich nehme an, dass du es morgen erhalten wirst. Ich dachte mir, dass du eine Abwechslung von diesen entsetzlichen Weihnachtskarten schätzen würdest!« Und diese Worte hatte sie mit einem unmissverständlichen Augenzwinkern begleitet.

»Onkel Timothy!« Eine von James' übermütigen Töchtern sprang an ihm hoch und gab ihm einen schallenden Kuss. Mit einem Lächeln setzte er sie auf den Boden und kitzelte sie dabei zwischen den Rippen. Er fühlte sich plötzlich leichten Herzens und mit aller Welt auf gutem Fuße – eine Frau ausgenommen.

Er verließ den Platz unter dem Mistelzweig und wanderte durch das Zimmer, Scherzworte mit allen Familienmitgliedern austauschend. Jetzt konnte er ihnen ohne Gewissensbisse ins Gesicht sehen. Er trank Roger zu, dem vorzeitig gealterten praktischen Arzt. Kein Grund mehr zu der Befürchtung, dass sein Geld in diese Richtung verschwinden könnte! Er schlug Peter auf die Schulter und ertrug geduldig fünf Minuten vertraulichen Geschwätzes über die Schwierigkeiten des Automobilhandels in diesen Zeiten. Zu Marjorie, James' Witwe, blass und tapfer aussehend in ihrem umgearbeiteten schwarzen Kleid, sprach er genau die richtigen Worte voll Mitgefühl und Ermutigung. Er fand sogar ein paar halbe Kronen in seinen Taschen für seine großen, schwerfälligen Stiefneffen. Dann blieb er bei seiner Stiefmutter am Kamin stehen, von wo aus sie ruhig die lärmende, fröhliche

Szene beherrschte, sanfte Gutmütigkeit aus ihren blassblauen Augen strahlend.

»Ein wundervoller Abend«, sagte er. Seine Worte waren ehrlich gemeint.

»Das haben wir zum großen Teil dir zu verdanken, Timothy«, erwiderte sie. »Du bist immer so gut zu uns gewesen.«

Wunderbar, was so ein bisschen zweifelhafter Champagner erreichen konnte! Er hätte eine Menge darum gegeben, ihr Gesicht zu sehen, wenn er sagen würde: »Ich nehme an, du weißt nicht, dass deine jüngste Tochter, die dort gerade ein Knallbonbon mit diesem garstigen kleinen Jungen von Peter zieht, mich erpresst und dass ich ihr in Kürze für immer das Handwerk legen werde?«

Er drehte sich um. Was waren sie doch alle für eine Bande! Was für eine schäbige, in dürftigen Verhältnissen lebende Bande! Nicht einer im gut geschnittenen Anzug, nicht eine gut gekleidete Frau unter ihnen allen! Und er hatte sich vorgestellt, dass sein Geld wenigstens ein paar von ihnen unterstützt hätte. Aber nein, sie alle rochen förmlich nach ehrlicher Armut. Jetzt konnte er es verstehen. Bessie erklärte alles. Es war typisch für ihre verschrobene Denkweise, mit Drohungen bares Geld aus ihm herauszupressen und es dann für Wohltätigkeitszwecke auszugeben.

»Du bist immer so gut zu uns gewesen.« – Wenn er es recht bedachte, war seine Stiefmutter mehr wert als der ganze Rest von ihnen zusammengenommen. Es musste ihr nicht leicht fallen, Vaters großes altes Haus weiterzuführen mit dem wenigen, was ihre Kinder einbrachten. Eines Tages vielleicht, wenn sein Geld ihm wieder wirklich ganz allein gehörte, würde er einen Weg finden, etwas für sie zu tun... Aber es gab noch eine Menge zu erledigen, bevor er sich so extravaganten Neigungen hingeben konnte.

Hilda kam quer durch das Zimmer auf ihn zu. Ihre Eleganz stand in angenehmem Kontrast zu dem Aufzug der Frauen der Grigsons. Sie sah, wie immer bei Festen in diesem Kreis, müde und recht gelangweilt aus.

»Timothy«, sagte sie leise, »können wir nicht nach Hause gehen? Mein Kopf ist schwer wie eine Tonne voller Ziegelsteine, und wenn ich morgen früh wieder frisch sein soll...«

Timothy unterbrach sie.

»Du fährst jetzt gleich nach Hause, Liebling«, erwiderte er. »Ich sehe schon, für dich ist es höchste Zeit, dass du ins Bett kommst. Nimm den Wagen. Ich kann zu Fuß gehen, es ist ein schöner Abend. Du brauchst nicht aufzubleiben, bis ich komme.«

»Du kommst nicht mit? Ich dachte, du hättest gesagt...«

»Nein, ich muss bleiben, bis die Feier zu Ende ist. Ich habe da noch eine kleine Familienangelegenheit zu regeln, die ich gern hinter mich bringen möchte, sobald sich eine Gelegenheit bietet.«

Hilda sah ihn mit leicht belustigter Überraschung an.

»Nun, wenn du meinst«, sagte sie. »Du scheinst dich ja plötzlich sehr zu deiner Familie hingezogen zu fühlen. Jedenfalls solltest du Bessie im Auge behalten, solange du noch hierbleibst. Sie hat schon fast mehr getrunken, als sie vertragen kann.«

Hilda hatte recht. Bessie war entschieden fröhlich. Und Timothy fuhr fort, sie im Auge zu behalten. Gegen Ende der Feier, als man den ersten Weihnachtstag begrüßt hatte und die Gäste sich nach ihrer Garderobe umsahen, hatte sie ein Stadium erreicht, in dem sie kaum noch stehen konnte. Noch ein Glas, dachte Timothy aus den Tiefen seiner Erfahrung, und sie fällt schlankweg um.

»Ich werde dich im Wagen mit nach Hause nehmen, Bessie«, sagte Roger. »Wir können dich gerade noch mit hineinquetschen.«

»Oh, Unsinn, Roger!«, kicherte Bessie. »Ich kann gut selbst auf mich aufpassen. Als ob ich nicht mehr bis zum Ende der Auffahrt gehen könnte!«

»Ich werde mich um sie kümmern«, sagte Timothy herzlich. »Ich gehe auch zu Fuß, und wir können uns dann gegenseitig stützen. Wo hast du deinen Mantel, Bessie? Bist du sicher, dass du alle deine kostbaren Geschenke beisammenhast?«

Er zog seine Abschiedsformalitäten in die Länge, bis alle anderen gegangen waren. Dann half er Bessie in ihren abgetragenen Pelzmantel und verließ mit ihr das Haus, wobei er ihr den Arm reichte. Es ging alles einfach und wie nach Wunsch.

Bessie wohnte im Pförtnerhaus der alten Villa. Sie zog es vor, unabhängig zu sein, und diese Regelung war allen anderen angenehm; besonders, seit James nach einem größeren Verlust beim Pferderennen seine Familie im Hause seiner Mutter untergebracht hatte, um Ausgaben zu sparen. Timothy passte das jetzt ganz wunderbar. Zärtlich begleitete er sie bis zum Ende der Auffahrt, zärtlich half er ihr, das Schlüsselloch zu finden, zärtlich führte er sie bis in das kleine Wohnzimmer, zu dem die Pförtnerstube hergerichtet worden war. Hier ersparte Bessie ihm rücksichtsvoll eine erhebliche Menge Unannehmlichkeiten und eine möglicherweise hässliche Szene. Sie unterlag schließlich dem Champagner und fiel auf das Sofa. Ihre Augen schlossen sich, ihr Mund öffnete sich, und sie blieb unbeweglich wie ein Klotz liegen.

Timothy fühlte sich ehrlich erleichtert. Er hatte damit gerechnet, bis zum Äußersten gehen zu müssen, um sich von der Bedrohung zu befreien; aber wenn er den verhängnisvollen Brief ohne Gewaltanwendung in die Hände bekommen könnte, würde er voll zufrieden sein. Es blieb ihm frei, sich später auf andere Weise an Bessie zu rächen. Mit schnellen Blicken übersah er den Raum. Er kannte seinen Inhalt auswendig; denn seit Bessie nach ihrer Schulentlassung ihr erstes Zimmer selbst eingerichtet hatte, war kaum etwas daran geändert worden. Derselbe abgestoßene alte Schreibsekretär, in dem sie seit jeher ihre Schätze aufzubewahren pflegte, stand in der Ecke. Er riss ihn auf, und eine Flut von Rechnungen, Quittungen und Bittgesuchen über Bittgesuchen stürzte wie eine Springflut heraus. Eine Schublade nach der anderen durchsuchte er mit ständig wachsender Unruhe, aber er fand immer noch nicht, was er suchte. Schließlich stieß er auf eine kleine, versteckte Schublade, die seinen Öffnungsversuchen Widerstand leistete. Nachdem er vergeblich daran gezogen und gerüttelt hatte, ergriff er den Schürhaken vom Kamin und sprengte das winzige Schloss mit Gewalt. Dann zog er die Schublade ganz heraus und setzte sich hin, um ihren Inhalt zu untersuchen.

Sie war bis zum Bersten mit Papieren vollgestopft. Obenauf lag das Programm des Frühlingsballs in seinem letzten Studienjahr in Cambridge. Dann kamen Schnappschüsse und Zeitungsausschnitte, darunter auch ein Bericht über seine eigene Hochzeit. Der Rest waren Briefe – ein ganzer Stapel Briefe, die alle seine Handschrift aufwiesen. Das elende Weib hatte anscheinend jeden Papierfetzen gehortet, den er ihr einmal geschrieben hatte. Als er sie durchblätterte, riefen sie ihm einige der Redewendungen wieder ins Gedächtnis, die er damals gebraucht hatte; er begann zu verstehen, wie tief ihr Rachegefühl gewesen sein musste, als er sie im Stich ließ.

Aber wo zum Teufel hatte sie den einzigen Brief versteckt, auf den es ankam?

Als er sich vom Tisch aufrichtete, hörte er dicht hinter sich einen scheußlichen, erstickten Laut. Hastig drehte er sich um. Bessie stand hinter ihm, und ihr Gesicht war eine Maske des Grauens. Ihr Mund stand vor Schrecken weit offen. Sie sog einen langen, schaudernden Atemzug ein. Im nächsten Augenblick würde sie aus Leibeskräften zu schreien anfangen…

Timothy konnte seine aufgestaute Wut nicht länger zügeln. Mit aller Kraft schlug er seine Faust in dieses gaffende, alberne Gesicht. Bessie fiel um, als hätte ein Schuss sie gefällt. Mit einem Knacken, als bräche ein trockener Ast entzwei, schlug ihr Kopf gegen ein Tischbein. Sie bewegte sich nicht mehr.

Obwohl es danach sehr still im Zimmer war, hörte er seine Stiefmutter nicht hereinkommen. Vielleicht hatte das Hämmern seines Pulses in den Ohren ihn betäubt. Er wusste nicht einmal, wie lange sie schon da war. Bestimmt aber hatte sie Zeit genug gehabt, um alles in sich aufzunehmen, was es zu sehen gab; denn als sie zu sprechen begann, hatte sie ihre Stimme völlig in der Gewalt.

»Du hast Bessie getötet«, sagte sie. Es war mehr die ruhige Feststellung einer Tatsache als eine Anklage.

Er nickte stumm.

»Aber den Brief hast du nicht gefunden.«

Er schüttelte den Kopf.

»Hast du nicht verstanden, was sie heute Abend zu dir gesagt hat? Der Brief ist bei der Post. Es war ihr Weihnachtsgeschenk für dich. Arme, einfältige, liebende Bessie!«

Entgeistert starrte er sie an.

»Erst vor ein paar Augenblicken stellte ich fest, dass er sich nicht mehr in meinem Schmuckkästchen befand«, fuhr sie mit der gleichen unbewegten, ruhigen Stimme fort. »Ich weiß nicht, wie sie es herausgefunden hat, aber Liebe – selbst eine vergebliche Liebe wie die ihre – verleiht den Menschen manchmal eine seltsame Findigkeit.«

Er fuhr mit der Zunge über seine trockenen Lippen.

»Dann warst du also Leech?«, stammelte er.

»Natürlich. Wer sonst? Was denkst du denn, wie ich auf andere Weise das Haus und meine Kinder hätte schuldenfrei halten können? Von meinem Einkommen? Nein, Timothy, tritt nicht näher! Du wirst heute Nacht keinen zweiten Mord begehen. Ich glaube zwar kaum, dass du dazu noch die Nerven hast, aber um sicherzugehen, habe ich diese Pistole mitgebracht, die mir dein Vater gab, als er 1918 aus der Armee entlassen wurde. Setz dich.«

Er fand sich geduckt auf dem Sofa wieder, von wo aus er ohne Hoffnung in ihr erbarmungsloses, altes Gesicht starrte. Die Leiche, die einmal Bessie gewesen war, lag zwischen ihnen.

»Bessie hatte ein schwaches Herz«, sagte sie überlegend. »Roger machte sich schon seit einiger Zeit deswegen Sorgen. Wenn ich ein Wörtchen mit ihm rede, wird er vielleicht einen Weg sehen, einen normalen Totenschein auszustellen. Natürlich wird das etwas teurer werden. Sagen wir tausend Pfund in diesem Jahr statt fünfhundert? – Ich nehme an, Timothy, du ziehst das der einzigen anderen Möglichkeit vor?«

Timothy nickte noch einmal schweigend.

»Sehr gut. Ich will vormittags gleich mit Roger darüber sprechen – nachdem du mir Bessies Weihnachtsgeschenk zurückgebracht hast. Ich werde es auch in Zukunft noch benötigen. Du kannst jetzt gehen, Timothy.«

Henning Mankell und
Håkan Nesser

Eine unwahrscheinliche Begegnung

Plötzlich ging Wallander auf, dass er nicht mehr wusste, wo er war. Warum war sie nicht lieber nach Ystad gekommen?

Auf der Autobahn irgendwo im Norden von Kassel hatte er sich schon gefragt, ob er überhaupt noch weiterfahren sollte. Es hatte sehr heftig geschneit. Ihm war bereits klar, dass er zu dem Treffen mit seiner Tochter Linda zu spät kommen würde. Warum hatte sie eigentlich Weihnachten irgendwo mitten in Europa feiern wollen?

Er schaltete die Innenraumbeleuchtung seines Autos ein und nahm die Karte hervor. Vor ihm lag die Straße öde im Scheinwerferlicht. Hatte er sich verfahren? Um ihn herum war alles dunkel. Er fürchtete plötzlich, die Weihnachtsnacht im Auto verbringen zu müssen. Er würde über diese europäischen Straßen irren und Linda niemals finden.

Er suchte auf der Karte. War er überhaupt irgendwo? Oder hatte er eine unsichtbare Grenze überschritten und war in ein Land geraten, das es gar nicht gab? Er legte die Karte beiseite und fuhr weiter. Das Schneegestöber hatte sich ganz plötzlich gelegt. Nach zwanzig Kilometern hielt er an einer Kreuzung. Er las die Schilder und kramte wieder die Karte hervor. Nichts. Er würde jemanden nach dem Weg fragen müssen. Er bog in die Richtung ab, in der sich die nächstgelegene Siedlung befinden sollte.

Die Ortschaft war nicht größer, als er erwartet hatte. Aber die Straßen waren wie ausgestorben. Wallander hielt vor einem Restaurant, das offen zu sein schien. Er schloss den Wagen ab und merkte, dass er Hunger hatte. Er betrat ein dunkles Lokal und atmete ein Europa ein, das es kaum noch gab. Stillstehende Zeit, starker, schaler Zigarrengeruch. Hirschgeweihe und Wappen gaben sich an den braunen Wänden ein Stelldichein mit Bierreklamen. Ein Tresen, ebenfalls braun, ohne Gäste, dunkle Nischen, ungefähr wie Boxen in einem Kuhstall. An den Tischen Schatten, die sich über ihre Biergläser krümmten. Im Hintergrund war Musik zu hören. Weihnachtslieder. »Stille Nacht«. Wallander schaute sich um, konnte aber keinen freien Tisch finden. Ein Glas Bier, dachte er. Und dann eine vernünftige Beschreibung, wie ich fahren soll. Danach Linda anrufen. Und sagen, ob ich heute Abend noch komme oder nicht.

In einer Nische saß ein einsamer Mann. Wallander zögerte. Dann fasste er einen Entschluss. Er trat vor und zeigte auf den freien Stuhl. Der Mann nickte.

Wallander setzte sich.

Sein Gegenüber hatte einen Teller vor sich stehen. Ein alter Kellner mit traurigem Gesicht trat an den Tisch. Gulasch? Wallander zeigte auf Teller und Bierglas. Dann wartete er. Der Mann ihm gegenüber aß mit langsamen Bewegungen. Wallander dachte, er könne ja immerhin den Versuch machen, ein Gespräch in die Wege zu leiten. Nach dem Weg fragen, danach, wo er hier überhaupt war. Als der Mann seinen Teller zurückschob, nutzte er die Gelegenheit.

»Ich möchte ja nicht stören«, sagte Wallander. »Aber sprechen Sie Englisch?«

Der Mann nickte abwartend.

»Ich habe mich verfahren«, sagte Wallander. »Ich bin Schwede, ich bin bei der Polizei, ich wollte mit meiner Tochter Weihnachten feiern. Aber ich habe mich verfahren. Ich weiß nicht einmal, wo ich hier bin.«

»Maardam«, sagte der Mann.

Wallander erinnerte sich an die Straßenschilder.

Aber er glaubte nicht, den Ort auf der Karte gesehen zu haben.

Er nannte sein Reiseziel. Der Mann schüttelte den Kopf.

»Das schaffen Sie heute Abend nicht mehr. Es ist weit. Sie haben sich wirklich verfahren.« Dann lächelte er. Das Lächeln kam unerwartet. Als erhellte sich sein Gesicht.

»Ich bin auch bei der Polizei«, sagte er dann.

Wallander blickte ihn fragend an. Dann streckte er die Hand aus.

»Wallander«, sagte er. »Kriminalpolizei. In einer schwedischen Stadt namens Ystad.«

»Van Veeteren«, sagte der Mann. »Bei der Polizei hier in Maardam.«

»Zwei einsame Polizisten also«, sagte Wallander. »Von denen der eine sich verfahren hat. Wirklich keine sonderlich lustige Situation.«

Van Veeteren lächelte noch einmal und nickte.

»Da haben Sie recht«, sagte er. »Da treffen sich zwei Polizisten, nur weil der eine einen Fehler begangen hat.«

»So ist es eben«, erwiderte Wallander.

In diesem Moment wurde das Essen gebracht. Van Veeteren hob sein Glas und trank ihm zu.

»Essen Sie langsam«, sagte er. »Sie haben Zeit.«

Wallander dachte an Linda. Daran, dass er sie

anrufen musste. Aber ihm war schon klar, dass der Mann, der auch bei der Polizei war und diesen fremd klingenden Namen trug, recht hatte.

Er würde den Heiligen Abend an diesem seltsamen Ort verbringen, der Maardam hieß und wohl nicht einmal auf der Karte vermerkt war.

So war es eben.

Und ließ sich nicht ändern.

Wie so vieles im Leben.

Wallander rief Linda an, die natürlich enttäuscht war. Aber sie sah die Lage auch ein.

Nach diesem Anruf blieb Wallander vor der Telefonzelle stehen.

Die Weihnachtslieder stimmten ihn wehmütig.

Er hielt nichts von Wehmut. Schon gar nicht am Heiligen Abend. Draußen fiel wieder Schnee.

Van Veeteren saß noch immer am Tisch und betrachtete zwei über Kreuz liegende Zahnstocher. Seltsam, dachte er. Hätte fast darauf geschworen, dass ich bis zum Weihnachtsmorgen mit niemandem auch nur zwei Worte wechseln muss... aber dann taucht hier diese Gestalt auf.

Polizist aus Schweden? Im Schneegestöber verfahren?

Unwahrscheinlich wie das Leben an sich. Er selbst war allerdings auch nicht aufgrund irgendwelcher Pläne hier gelandet. Nach dem obligatorischen Heiligabendessen mit Renate und den nachmittäglichen Weihnachtsanrufen bei Erich, Jess und den Enkelkindern hatte er sich mit einem Dunkelbier in einem Schaumbad verkrochen und vorher Händel voll aufgedreht. Und dann auf den Abend gewartet.

Heiligabendschach mit Mahler in der *Gesellschaft*.

Genau wie letztes Jahr. Und wie vorletztes.

Mahler hatte dann um kurz vor sechs angerufen. Aus dem Krankenhaus oben in Aarlach, wo der alte Dichter mit seinem noch älteren Vater und einem frischen Oberschenkelhalsbruch saß.

Schade für einen vitalen Mann von neunzig. Schade um die Eröffnung, die er sich im Bad überlegt hatte. Schade um so vieles. Als er sich im Schneegestöber dann endlich zur *Gesellschaft* durchgekämpft hatte, war ihm aufgegangen, dass er dort ohne Mahler nichts zu suchen hatte. Er war einige Blocks weiter in Richtung Zwille gegangen und hatte sich endlich auf gut Glück in dieses Restaurant hier gesetzt.

Essen musste er ja auf jeden Fall. Und vielleicht auch trinken.

Der schwedische Polizist kehrte mit düsterem Lächeln zurück.

»Haben Sie sie erreicht? Wie war noch gleich Ihr Name?«

»Wallander. – Ja, kein Problem. Wir haben alles einfach um einen Tag verschoben.«

In seinem Blick lag plötzlich eine sanfte Wärme, und es konnte keinen Zweifel daran geben, woran das lag.

»Töchter zu haben ist manchmal gar nicht dumm«, sagte van Veeteren. »Auch wenn man sie nicht findet. Wie viele haben Sie?«

»Nur eine«, sagte Wallander. »Aber sie ist toll.«

»Bei mir genauso«, sagte van Veeteren. »Ich habe auch noch einen Sohn, aber das ist etwas anderes.«

»Kann ich mir vorstellen.«

Der traurige Kellner tauchte auf und fragte, wie es weitergehen sollte.

»Ich persönlich trinke Bier am liebsten allein«, sagte van Veeteren. »Und Wein in Gesellschaft.«

»Ich sollte mir ein Quartier für die Nacht suchen«, sagte Wallander.

»Hab ich schon erledigt«, erklärte van Veeteren. »Rot oder weiß?«

»Danke«, sagte Wallander. »Dann lieber rot.«

Der Kellner verschwand wieder in den Schatten. Einige Augenblicke des Schweigens senkten sich über den Tisch, während aus den Lautsprechern zugleich ein »Ave Maria« unbekannten Ursprungs erscholl.

»Warum sind Sie zur Polizei gegangen?«, fragte Wallander.

Van Veeteren musterte den Kollegen eine Weile, ehe er antwortete.

»Diese Frage habe ich mir schon so oft gestellt, dass ich mich an die Antwort nicht mehr erinnern kann«, sagte er. »Aber Sie sind doch sicher zehn Jahre jünger, deshalb wissen Sie es vielleicht?«

Wallander verzog den Mund und ließ sich zurücksinken.

»Ja«, sagte er. »Obwohl ich es mir bisweilen energisch in Erinnerung rufen muss. Es geht um dieses Übel; das will ich ausrotten. Das Problem ist nur, dass darauf offenbar eine ganze Zivilisation aufgebaut worden ist.«

»Ein Teil der tragenden Mauern jedenfalls«, sagte van Veeteren und nickte. »Ich dachte ansonsten, Schweden sei von den ärgsten Auswüchsen so einigermaßen verschont geblieben... das schwedische Modell, der Gemeinschaftsgeist... das hat man ja alles gelesen.«

»Ich habe auch daran geglaubt«, sagte Wallander. »Aber das ist nun schon einige Jahre her...«

Der Kellner brachte mehr Rotwein und auf Kosten des Hauses einen Käseteller. Das »Ave Maria«

verklang, und statt seiner war melancholische Geigenmusik zu hören. Wallander hob sein Glas, hielt dann aber inne und horchte.

»Kennen Sie das da?«, fragte er.

Van Veeteren nickte.

»Villa-Lobos«, sagte er. »Wie heißt es denn noch gleich?«

»Das weiß ich nicht«, sagte Wallander. »Aber es sind acht Celli und ein Sopran. Es ist teuflisch schön. Hören Sie nur!«

Sie schwiegen eine Weile.

»Wir haben offenbar einige Gemeinsamkeiten«, sagte Wallander.

Van Veeteren nickte zufrieden.

»Sieht so aus«, sagte er. »Wenn Sie auch noch Schach spielen, sind Sie wirklich ein verdammter Glückstreffer!«

Wallander trank einen Schluck. Dann schüttelte er den Kopf. »Nur sehr schlecht«, gab er zu. »Bridge geht schon besser, aber auch da bin ich kein Meister.«

»Bridge?«, fragte van Veeteren und nahm sich ein Drittel des Camembert. »Das habe ich seit dreißig Jahren nicht mehr gespielt. Und zu meiner Zeit ging das immer zu viert.«

Wallander lächelte und machte eine vorsichtige Kopfbewegung.

»Da hinten sitzen zwei Männer mit einem Kartenspiel.«

Van Veeteren beugte sich aus der Nische und schaute hinüber. Es stimmte. Einige Meter von ihnen entfernt saßen zwei andere Herren und warfen mit müder Miene Karten auf den Tisch. Der eine war hoch gewachsen, mager und ein wenig gebeugt. Der andere war fast sein Gegenteil; klein, kräftig und verbissen. Beide Ende vierzig, soweit man nach Falten und Haaren gehen konnte.

Van Veeteren erhob sich.

»Na gut«, sagte er. »Heiligabend ist schließlich nur einmal im Jahr. Also machen wir einen Versuch.«

Es dauerte keine zehn Minuten, bis die Partie begonnen hatte, und nach fünfundzwanzig hatte das Paar Wallander/van Veeteren vier doppelte Piks einkassiert.

»Purer Zufall«, murmelte der kleinere Mann.

»Auch ein blindes Huhn findet mal ein Korn«, erklärte der größere.

»Zwei«, sagte van Veeteren. »Zwei blinde Hühner.«

Wallander mischte.

»Und was machen die Herren so im Alltag?«, fragte van Veeteren und nahm die angebotene Zigarette.

»Bücher schreiben«, sagte der Größere.

»Kriminalromane«, sagte der Kleinere. »Wir sind durchaus nicht unbekannt. Zumindest zu Hause nicht. Zumindest ich nicht. Wir haben uns verfahren, deshalb sitzen wir hier.«

»Heute Abend verfährt sich wohl alle Welt«, sagte van Veeteren.

»Kriminalschriftsteller verfahren sich oft«, sagte Wallander und gab Karten. »Auch das ist wahrscheinlich eine ziemlich miese Branche.«

»Sicher«, sagte van Veeteren.

Sie hatten die folgende Partie, bei der der nicht unbekannte Autor als Spielführer fungierte, ungefähr zur Hälfte hinter sich gebracht, als der Kellner ungebeten aus dem Schatten auftauchte. Er sah noch besorgter aus als zuvor.

»Darf ich darauf hinweisen«, fragte er untertänig, »dass wir in zehn Minuten sehließen? Heute ist schließlich der Heilige Abend.«

»Was zum Henker...«, sagte Wallander.

»Was zum Teufel...«, sagte van Veeteren.

Der größere Kriminalautor hustete und schwenkte abweisend den Zeigefinger. Aber das Wort ergriff dann der kleine, nicht unbekannte:

»Darf ich darauf hinweisen«, sagte er ohne den geringsten Anflug von Untertänigkeit, »dass ein Autor doch immerhin einen Vorteil hat...«

»... auch wenn er sich verfahren hat«, warf der Größere dazwischen.

»... dass nämlich wir die Dialoge schreiben«, vollendete der Kleinere den Satz. »Und jetzt haben Sie die verdammte Freundlichkeit und fangen noch einmal an.«

Der Kellner verbeugte sich. Verschwand und kehrte gleich darauf mit einem Schlüsselbund zurück. Verbeugte sich abermals und räusperte sich.

»Im Namen des Wirtes möchte ich Ihnen allen gesegnete Weihnachten wünschen«, sagte er. »Sie können sich selber am Tresen bedienen, und im Kühlschrank gibt es kalten Aufschnitt. Schließen Sie hinter sich ab, wenn Sie gehen, und vergessen Sie nicht, die Schlüssel in den Briefkasten zu werfen.«

»Sehr gut«, erklärte van Veeteren und blies einen Rauchring. »Es gibt also doch noch einen Rest gesunde Vernunft und Güte auf der Welt.«

Der Kellner zog sich zum letzten Mal zurück. Als er das Restaurant verließ, war für einen Moment das Heulen des Schneesturms zu hören, aber dann schloss sich die Winternacht um das kleine Restaurant in der Stadt, die es auf der Karte nicht gab.

Gesunde Vernunft?, dachte Kurt Wallander und

stach mit dem König des Tisches, dem Buben, eine Drei. Güte?

Aber wenn überhaupt, dann am Heiligen Abend.

Und in Gesellschaft fiktiver Poeten.

Poeten, leck mich!, dachte er dann später. Acht Romane und nicht eine einzige verdammte Zeile Blankvers.

Am nächsten Tag würde er Linda sehen.

Nachweis

Paul Auster (* 3. Februar 1947, Newark, New Jersey)
Auggie Wrens Weihnachtsgeschichte. Aus dem Amerikanischen von Werner Schmitz. Copyright © 1991, 2008 by Rowohlt Verlag GmbH, Reinbek bei Hamburg

Arthur Conan Doyle (22. Mai 1859, Edinburgh – 7. Juli 1930, Crowborough, Sussex)
Der blaue Karfunkel. Aus dem Englischen von Margarethe Nedem. Aus: Arthur Conan Doyle, Sherlock Holmes Geschichten. Copyright © 1984 by Diogenes Verlag, Zürich

Dick Francis (31. Oktober 1920, Pembrokeshire – 14. Februar 2010, George Town, Cayman Islands)
Ein strahlend weißer Stern. Aus dem Englischen von Michaela Link. Aus: Dick Francis, Winkelzüge. Copyright © 2000 by Diogenes Verlag, Zürich

Cyril Hare (4. September 1900, Mickleham, Surrey – 25. August 1958, Mickleham, Surrey)
Schwester Bessie. Aus dem Amerikanischen von Peter Naujack. Aus: Cyril Hare, Mörderglück. Copyright © 1963 by Diogenes Verlag, Zürich

Patricia Highsmith (19. Januar 1921, Fort Worth/Texas – 4. Februar 1995, Locarno/Tessin)
Zu Weihnachten tickt eine Uhr. Aus dem Amerikanischen von Matthias Jendis. Aus: Patricia Highsmith, Nixen auf dem Golfplatz. Copyright © 2005 by Diogenes Verlag, Zürich

P. D. James (* 3. August 1920, Oxford)
Der Mistelzweigmord (Originaltitel: The Mistletoe Murder). Aus dem Englischen von Christa E. Seibicke. Copyright © P. D. James, 1991. Veröffentlicht mit Genehmigung Nr. 66273 der Paul und Peter Fritz AG in Zürich

Dan Kavanagh (Pseudonym von Julian Barnes, * 19. Januar 1946, Leicester)
Der 50-Pfennig-Weihnachtsmann. Aus dem Englischen von Gertraude Krueger. Copyright © 1990 by Dan Kavanagh

Henning Mankell (* 3. Februar 1948, Stockholm)

Hakan Nesser (* 21. Februar 1950, Kumla)
Eine unwahrscheinliche Begegnung. Aus: Annamari Arrakoski (Hrsg.), Weihnachtsgeschichten aus Skandinavien. Copyright für die deutsche Übersetzung von Gabriele Haefs © 2002 by Rowohlt Verlag GmbH, Reinbek bei Hamburg

Ingrid Noll (* 29. September 1935, Schanghai)
Weihnachten im Schlosshotel. Copyright © 2007 by Diogenes Verlag, Zürich

Henry Slesar (12. Juni 1927, New York – 2. April 2002, New York)
Der Mann, der Weihnachten liebte. Aus dem Amerikanischen von Barbara Rojahn-Deyk. Originaltitel: The Man Who Loved Christmas, Copyright © 1989 by Charlotte McLeod. Aus: Henry Slesar, Listige Geschichten für arglose Leser. Copyright © 1992 by Diogenes Verlag, Zürich

*Bitte beachten Sie
auch die folgenden Seiten*

Bücher zur Weihnacht im Diogenes Verlag

»Dann und wann empfand er das Bedürfnis, tief aufzuatmen, denn jetzt, da der Gesang, dieser glockenreine A-cappella-Gesang die Luft erfüllte, zog sein Herz sich in einem fast schmerzhaften Glück zusammen. Weihnachten…«
Thomas Mann, Weihnacht bei den Buddenbrooks

Alle Jahre wieder
Romantische Weihnachtsgeschichten. Herausgegeben von Daniel Keel und Daniel Kampa

Früher war mehr Lametta
Hinterhältige Weihnachtsgeschichten sowie acht Gedichte. Herausgegeben von Daniel Keel und Daniel Kampa
Auch als Diogenes Hörbuch erschienen, gelesen von Ingrid Noll, Martin Suter und Anna König

Früher war noch mehr Lametta
Hinterhältige Weihnachtsgeschichten sowie drei Gedichte. Herausgegeben von Daniel Kampa
Auch als Diogenes Hörbuch erschienen, gelesen von Anna König, Hans Korte, Martin Suter und Cordula Trantow

Früher war noch viel mehr Lametta
Hinterhältige Weihnachtsgeschichten. Ausgewählt von Daniel Kampa
Ausgewählte Geschichten auch als Diogenes Hörbuch erschienen, gelesen von Anna König und Jochen Striebeck

Früher war mehr Bescherung
Hinterhältige Weihnachtsgeschichten. Ausgewählt von Daniel Kampa

Früher war Weihnachten später
Hinterhältige Weihnachtsgeschichten. Ausgewählt von Daniel Kampa

Früher war Weihnachten viel später
Hinterhältige Weihnachtsgeschichten. Ausgewählt von Daniel Kampa

Lammettaleichen
Kriminelle Weihnachtsgeschichten. Ausgewählt von Daniel Kampa

Nicht schon wieder Weihnachten!
Hinterhältige Weihnachtsgeschichten sowie zwei Gedichte. Ausgewählt von Daniel Kampa

O du schreckliche…
Kriminelle Weihnachtsgeschichten. Ausgewählt von Daniel Kampa

Weißer Weihnachtszauber
Nostalgische Weihnachtsgeschichten. Ausgewählt von Daniel Kampa

Weihnachtsschmaus
Kulinarische Geschichten zum Fest. Ausgewählt von Daniel Kampa

Weihnachts-Detektive
Weihnachten mit Sherlock Holmes, Pater Brown, Kommissar Maigret, Albert Campion, Miss Marple, Hercule Poirot und Nero Wolfe

Kinder-Adventsbuch
Weihnachtsgeschichten für jeden Adventstag. Ausgewählt von Daniel Kampa

Weihnachten mit Loriot

Weihnachten mit Ringelnatz
Zusammengestellt von Daniel Kampa

Jean de Brunhoff
Babar und der Weihnachtsmann
Aus dem Französischen von Françoise Sérusciat-Brütt

Charles Dickens
Weihnachtslied
Eine Gespenstergeschichte. Aus dem Englischen von Melanie Walz. Mit Zeichnungen von Tatjana Haupmann und einem Essay von John Irving

Georges Simenon
Weihnachten mit Maigret
Roman. Aus dem Französischen von Hans-Joachim Hartstein
Auch als Diogenes Hörbuch erschienen, gelesen von Hans Korte

Tomi Ungerer
Achtung Weihnachten
Hinterhältige Weihnachtsgeschichten und -gedichte. Ausgewählt von Jan Sidney. Mit vielen Bildern von Tomi Ungerer

Außerdem erschienen:

René Goscinny & Jean-Jacques Sempé
Der kleine Nick freut sich auf Weihnachten
Fünf Geschichten aus den Bänden *Neues vom kleinen Nick* und *Der kleine Nick ist wieder da!*
Diogenes Hörbuch, 1 CD, gelesen von Rufus Beck

Die Bibel
Neues Testament
Weihnachten. Geburt und Kindheit Jesu
Diogenes Hörbuch, 1 CD, gelesen von Sven Görtz

Weihnachten mit Ingrid Noll
Diogenes Hörbuch, 1 CD, gelesen von Uta Hallant

Alle Jahre wieder

Romantische Weihnachtsgeschichten
Herausgegeben von Daniel Keel und Daniel Kampa

Lektüre für die schönste Zeit des Jahres: ›Das kleine Mädchen mit den Schwefelhölzchen‹ von Hans Christian Andersen trippelt mit bloßen Füßen durch die kalte Winternacht, in einem Ausschnitt aus Dickens' *Ein Weihnachtslied in Prosa* erfährt der Geizhals Scrooge, daß der Geist der Weihnachtsnacht besonders arme Familien mit Freude beschenkt, und bei Astrid Lindgren sorgt die kleine Madita dafür, daß auch ihr Freund Abbe ein Weihnachtsgeschenk bekommt. Doch nicht nur zeitlose Klassiker, die man alle Jahre wieder lesen will, versammelt diese Anthologie, sondern auch neue Geschichten: Doris Dörrie überrascht mit einer polnischen Weihnachtsgans, und bei Paul Auster begeht ein Zigarrenverkäufer an Weihnachten einen Diebstahl, dabei aber trotzdem eine gute Tat. Außerdem erinnern sich Carson McCullers, Truman Capote, Dylan Thomas und Ingrid Noll an die Festtage ihrer Kindheit.
Ein bewegendes Zusammentreffen brillanter Autoren, von denen jeder Weihnachten auf ganz besondere Weise erzählt.

»Liebeläutend zieht durch Kerzenhelle
Mild, wie Wälderduft, die Weihnachtszeit
Und ein schlichtes Glück streut auf die Schwelle
Schöne Blumen der Vergangenheit.«
Joachim Ringelnatz

Arthur Conan Doyle
Sherlock Holmes Geschichten
Aus dem Englischen von Margarethe Nedem

Rätselhaft verschwundene blaue Diamanten, großangelegter Betrug an Rothaarigen, schurkische Stiefväter, die mittels indischer Giftschlangen ihren Schutzbefohlenen ans Leben wollen – das sind kleine Fische für Meisterdetektiv Sherlock Holmes und sein getreues Alter ego Dr. Watson. Wer aber kennt die intimen Geheimnisse des viktorianischen Spür-Genies und seine gefährliche Schwäche für Irene Adler, Femme fatale, die um ein Haar Böhmens Thron ins Wanken gebracht hätte? Eine Auswahl der besten Sherlock-Holmes-Geschichten für Liebhaber.

»Sherlock Holmes ist die einzige große populäre Legendenfigur, die in der modernen Welt geschaffen wurde.« *G. K. Chesterton*

»Conan Doyle ist der Erfinder des psychologischen Kriminalromans.«
Martin Levin / The New York Times Book Review

»Sherlock Holmes ist nicht totzukriegen.«
Jürgen Kesting / Stern, Hamburg

»Der unverwüstlichste Meisterdetektiv.«
Wilhelm Viola / Neue Zürcher Zeitung

Zwei ausgewählte Geschichten auch als
Diogenes Hörbuch erschienen:
Das gefleckte Band, gelesen von Claus Biederstaedt

Ingrid Noll
im Diogenes Verlag

»Sie ist voller Lebensklugheit, Menschenkenntnis und verarbeiteter Erfahrung. Sie will eine gute Geschichte gut erzählen, und das kann sie.«
Georg Hensel/Frankfurter Allgemeine Zeitung

Der Hahn ist tot
Roman

Die Häupter meiner Lieben
Roman

Die Apothekerin
Roman

Der Schweinepascha
in 15 Bildern. Illustriert von der Autorin

Kalt ist der Abendhauch
Roman

Röslein rot
Roman

Selige Witwen
Roman

Rabenbrüder
Roman

Falsche Zungen
Gesammelte Geschichten
Ausgewählte Geschichten auch als Diogenes Hörbücher erschienen:
Falsche Zungen, gelesen von Cordula Trantow, sowie *Fisherman's Friend*, gelesen von Uta Hallant, Ursula Illert, Jochen Nix und Cordula Trantow

Ladylike
Roman
Auch als Diogenes Hörbuch erschienen, gelesen von Maria Becker

Kuckuckskind
Roman
Auch als Diogenes Hörbuch erschienen, gelesen von Franziska Pigulla

Ehrenwort
Roman
Auch als Diogenes Hörbuch erschienen, gelesen von Peter Fricke

Über Bord
Roman
Auch als Diogenes Hörbuch erschienen, gelesen von Uta Hallant

Außerdem erschienen:

Die Rosemarie-Hirte-Romane
Der Hahn ist tot /
Die Apothekerin
Ungekürzt gelesen von Silvia Jost
2 MP3-CD, Gesamtspieldauer 15 Stunden

Weihnachten mit Ingrid Noll
Sechs Geschichten
Diogenes Hörbuch, 1 CD, gelesen von Uta Hallant

Patricia Highsmith
im Diogenes Verlag

Im Frühling 2002 hat der Diogenes Verlag eine Werkausgabe von Patricia Highsmith mit weltweit unveröffentlichten Stories aus dem Nachlass und mit Neuübersetzungen ihres zu Lebzeiten erschienenen Werks gestartet (u.a. von Nikolaus Stingl, Melanie Walz, Irene Rumler, Christa E. Seibicke, Dirk van Gunsteren, Werner Richter und Matthias Jendis). Alle Bände in neuer Ausstattung, kritisch durchgesehen nach den Originaltexten und mit einem Nachwort zu Lebens- und Werkgeschichte. Die Edition macht sich erstmals die Aufzeichnungen der Autorin zur Entstehungsgeschichte einzelner Werke, zu Plänen und Inspirationsquellen zunutze und informiert über den schöpferischen Prozess und über die Lebenszusammenhänge, wie sie sich aus den Notiz- und Tagebüchern der Autorin rekonstruieren lassen.

Werkausgabe in 32 Bänden. Herausgegeben von Paul Ingendaay und Anna von Planta in Zusammenarbeit mit Ina Lannert, Barbara Rohrer und Kate Kingsley Skattebol. Jeder Band mit einem Nachwort von Paul Ingendaay.

Bisher erschienen:

Zwei Fremde im Zug
Roman. Aus dem Amerikanischen von Melanie Walz

Der Schrei der Eule
Roman. Deutsch von Irene Rumler

Das Zittern des Fälschers
Roman. Deutsch von Dirk van Gunsteren

Die stille Mitte der Welt
Stories. Deutsch von Melanie Walz

Lösegeld für einen Hund
Roman. Deutsch von Christa E. Seibicke

Der talentierte Mr. Ripley
Roman. Deutsch von Melanie Walz

Ripley Under Ground
Roman. Deutsch von Melanie Walz

Die Augen der Mrs. Blynn
Stories. Deutsch von Christa E. Seibicke

Der Schneckenforscher
Stories. Deutsch von Dirk van Gunsteren
Eine Story auch als Diogenes Hörbuch erschienen: *Als die Flotte im Hafen lag*, gelesen von Evelyn Hamann

*Ripley's Game oder
Der amerikanische Freund*
Roman. Deutsch von Matthias Jendis

Ediths Tagebuch
Roman. Deutsch von Irene Rumler

Tiefe Wasser
Roman. Deutsch von Nikolaus Stingl

*Die zwei Gesichter
des Januars*
Roman. Deutsch von Werner Richter

Der süße Wahn
Roman. Deutsch von Christa E. Seibicke

Die gläserne Zelle
Roman. Deutsch von Werner Richter

Leise, leise im Wind
Stories. Deutsch von Werner Richter
Zwei Stories auch als Diogenes Hörbuch erschienen: *Der Mann, der seine Bücher im Kopf schrieb*, gelesen von Jochen Striebeck

Der Junge, der Ripley folgte
Roman. Deutsch von Matthias Jendis

Venedig kann sehr kalt sein
Roman. Deutsch von Matthias Jendis

*Kleine Mordgeschichten
für Tierfreunde/
Kleine Geschichten für
Weiberfeinde*
Stories. Deutsch von Melanie Walz
Ausgewählte Stories auch als Diogenes Hörbuch erschienen: *Kleine Mordgeschichten für Tierfreunde*, gelesen von Alice Schwarzer

Elsies Lebenslust
Roman. Deutsch von Dirk van Gunsteren

Ripley Under Water
Roman. Deutsch von Matthias Jendis

Salz und sein Preis
Roman. Deutsch von Melanie Walz
(vormals: *Carol*. Roman einer ungewöhnlichen Liebe)

Keiner von uns
Stories. Deutsch von Matthias Jendis

Der Stümper
Roman. Deutsch von Melanie Walz

Ein Spiel für die Lebenden
Roman. Deutsch von Bernhard Robben

Nixen auf dem Golfplatz
Stories. Deutsch von Matthias Jendis

*›Small g‹ –
eine Sommeridylle*
Roman. Deutsch von Matthias Jendis

Der Geschichtenerzähler
Roman. Deutsch von Matthias Jendis

*Leute, die an
die Tür klopfen*
Roman. Deutsch von Manfred Allié

*Geschichten von
natürlichen und unnatürlichen Katastrophen*
Stories. Deutsch von Matthias Jendis

In Vorbereitung:

Materialienband
(vorm.: *Patricia Highsmith – Leben und Werk*)

Suspense oder Wie man einen Thriller schreibt
Werkstattbericht

Dick Francis
im Diogenes Verlag

»Dick Francis schreibt Thriller, die sich aus der breiten Masse hervorheben. Immer wieder überrascht dieser Autor, dessen glänzende Karriere als Jockey durch einen Unfall beendet wurde, durch seine klugen und humorvollen Geschichten, seinen Sinn für Atmosphäre und für zum Teil köstliche Charaktere.«
*Margarete von Schwarzkopf /
Norddeutscher Rundfunk, Hamburg*

»Jeden der Romane von Dick Francis liest man mit höchst angenehmer Spannung. Wenn das Buch zu Ende ist, muss sofort der nächste Dick Francis her.«
Deutschlandradio, Köln

»Dick Francis ist einer der Großen des zeitgenössischen Kriminalromans.«
Jochen Schmidt / Frankfurter Allgemeine Zeitung

Todsicher
Roman. Aus dem Englischen von Tony Westermayr

Rufmord
Roman. Deutsch von Peter Naujack

Doping
Roman. Deutsch von Malte Krutzsch

Nervensache
Ein Sid-Halley-Roman. Deutsch von Tony Westermayr

Blindflug
Roman. Deutsch von Tony Westermayr

Hilflos
Roman. Deutsch von Nikolaus Stingl

Peitsche
Roman. Deutsch von Nikolaus Stingl

Rat Race
Roman. Deutsch von Michaela Link

Knochenbruch
Roman. Deutsch von Michaela Link

Gefilmt
Roman. Deutsch von Malte Krutzsch

Zuschlag
Roman. Deutsch von Ruth Keen

Versteck
Roman. Deutsch von Malte Krutzsch

Gefälscht
Roman. Deutsch von Malte Krutzsch

Risiko
Roman. Deutsch von Michaela Link

Galopp
Roman. Deutsch von Ursula Goldschmidt und Nikolaus Stingl

Handicap
Ein Sid-Halley-Roman. Deutsch von Jobst-Christian Rojahn

Reflex
Roman. Deutsch von Monika Kamper

Fehlstart
Roman. Deutsch von Malte Krutzsch

Banker
Roman. Deutsch von Malte Krutzsch

Weinprobe
Roman. Deutsch von Malte Krutzsch

Ausgestochen
Roman. Deutsch von Malte Krutzsch

Festgenagelt
Roman. Deutsch von Malte Krutzsch

Mammon
Roman. Deutsch von Malte Krutzsch

Gegenzug
Roman. Deutsch von Malte Krutzsch

Unbestechlich
Roman. Deutsch von Jobst-Christian Rojahn

Außenseiter
Roman. Deutsch von Gerald Jung

Comeback
Roman. Deutsch von Malte Krutzsch

Sporen
Roman. Deutsch von Malte Krutzsch

Zügellos
Roman. Deutsch von Malte Krutzsch

Favorit
Ein Sid-Halley-Roman. Deutsch von Malte Krutzsch

Rivalen
Roman. Deutsch von Malte Krutzsch

Winkelzüge
Dreizehn Geschichten. Deutsch von Michaela Link
Daraus drei Geschichten auch als Diogenes Hörbuch erschienen, gelesen von Jochen Striebeck

Gambling
Ein Sid-Halley-Roman. Deutsch von Malte Krutzsch
Auch als Diogenes Hörbuch erschienen, gelesen von Jochen Striebeck

Außerdem erschienen:

Dick & Felix Francis
Abgebrüht
Roman. Deutsch von Malte Krutzsch

Schikanen
Roman. Deutsch von Malte Krutzsch

Verwettet
Roman. Deutsch von Malte Krutzsch

Kreuzfeuer
Roman. Deutsch von Malte Krutzsch

G.K. Chesterton
im Diogenes Verlag

»Ich glaube, Chesterton ist einer der besten Schriftsteller unserer Zeit, und dies nicht nur wegen seiner glücklichen Erfindungsgabe, seiner bildlichen Vorstellungskraft und wegen der kindlichen oder göttlichen Freude, die auf jeder Seite seines Werks durchscheint, sondern auch wegen seiner rhetorischen Qualitäten, wegen seiner reinen und schlichten Virtuosität.«
Jorge Luis Borges

»Erstaunlich, wie lange und wie gut sich der Reiz dieser Geschichten erhalten hat. Er liegt in der Figur des Pater Brown und in der Erzählweise Chestertons, in den Bocksprüngen seiner Phantasie, in seinen grotesken Vergleichen und verblüffenden Paradoxien.«
Georg Hensel / Frankfurter Allgemeine Zeitung

Eine Trilogie der besten
Pater Brown Stories

Die seltsamen Schritte
Pater Brown Stories. Aus dem Englischen
von Heinrich Fischer
(vormals: *Pater Brown und das blaue Kreuz*)

Das Paradies der Diebe
Pater Brown Stories. Deutsch von Norbert Miller,
Alfons Rottmann und Dora Sophie Kellner
(vormals: *Pater Brown und der
Fehler in der Maschine*)

Das schlimmste
Verbrechen der Welt
Pater Brown Stories. Deutsch von Alfred P. Zeller,
Kamilla Demmer und Alexander Schmitz
(vormals: *Pater Brown und das
schlimmste Verbrechen der Welt*)